サクラと小さな丘の生きものがたり

鶴田静

ぷねうま舎

ブックデザイン：尾形忍（Sparrow Design）
カバー・本文挿画：松田萌（松田デザイン・スタジオ http://matsuda-design.com/）

目次

2部 ✲ 奇跡　103

この物語は

あるところに小さな丘がぽつんとありました。
丘の上には、高い大きな空がはてしなく広がり、
太陽と風と雨が、いつも丘全体に降りそそいでいます。
丘は森や林、田んぼや畑、果樹園にいだかれています。
果樹園には、ミカンやビワ、アンズやカキ、クルミやクリ、
レモンやベリー類が豊かに実をつけます。

丘のてっぺんに一軒家が建っています。
家の裏側から丘の下まで庭がつづいています。

庭は斜面に沿って段々になっていて、
全部の庭を巡れるように、階段でつながっています。
庭にはたくさんの木や花や野菜が植えられています。

この家に住んでいるのは、モクさんとハナさんの夫婦。
モクさんはあごひげを短く生やし、高い鼻をつんと突き出していて、
背が高くすらりとしています。家具を作る木工家です。
ハナさんはふっくらとしたからだつきで、真黒な長い髪の毛を
丸くまとめ、真ん丸い顔に真ん丸い鼻をのせています。
野菜や花を栽培して、道端の無人スタンドで売っています。
そして二人といっしょに犬と猫が暮らしています。

森や林や野には、タヌキやウサギやリス、ヘビやトカゲやカエル、
チョウやハチやセミ、そして鳥たちなど、

この物語は

数えきれない種類の多くの生きものたちがすんでいます。
この楽園のような丘のまわりで平和に生きる、
人と動物と植物の交流の物語、そして
ある深い悲しみを乗り越えた夫婦の物語です。

1部　願い

ヤマボウシの喜び

「あらっ、ヤマボウシさんが倒れているわ！」

「どうしたんですか？　ヤマボウシさん！」

「あぁ、ホオジロさんご夫妻……。ぼく、この家のモクさんに、土の中から掘り出されてしまったんだ」

「いったいどうして？　何か悪いことでもしたの？」

「いいや、何もしなかった。それなのにどうしてだろう？　ぼくは薪《まき》にされるのかなぁ。モクさんはいつも、どこからか丸太をもってくると、薪ストーブの薪を作るのに、小さく割っているだろう？」

「ええ、そうね。冬はいつも忙しそうね」

「それともぼくを椅子に作るのかな。テーブルかな?」

「そうだ、モクさんは木工家ですよね。ヤマボウシさんを材料にするのだろうか」

ヤマボウシは落葉樹だ。春になると葉を出して、苞《ほう》が花弁のように見える白い花をつけ、秋になると葉が赤くなる。春たけなわの今は花盛りで、白く光り輝く大きな花でにぎわっている。でも丘の家の庭の真ん中に、ぽつんと立っているこのヤマボウシは……。

ホオジロの妻は少し考えてから、遠慮がちにこう言った。

「ヤマボウシさん、あなたは何年も前から、春になってもちっとも葉を出さないし、花も咲かせないわねぇ。いつも丸裸でいて、幹の色もだんだん褪《あ》せてきちゃったわ。それでモクさん、あなたを薪か材木にすることにしたのかしら」

「あぁ、もしそうだったらどうしよう……」

「ぼくは、いつもあなたのいちばん高い梢に乗って、高い空や、向こうの森や、下の田んぼや畑を見ていました。そうして虫や草の種を見つけると、サーッと飛んで降りて、食べていた……」

「そうだよね。きみたちがぼくの枝にいると、とてもあたたかいんだ。きみたちの茶色の羽がやさしく触れると、くすぐったくてきもちがよかった。でもその枝も枯れてきて、ずいぶん少なくなっちゃったなぁ」

「ヤマボウシさんのせいではないわ。ほら、いつかずっと前、新しい葉が出たら、虫がたくさんきて、ムシャムシャとぜんぶ食べちゃったでしょ。あれからあなたは、あまり葉を出さなくなったのよ」

「そうなんだ、あのときぼくが、『食べるのやめてぇ！』って叫んだのに、虫は知らん顔をしていた。モクさんやハナさんを呼んだけれど、ぼくの声は届かなかった。家は丘の一番上にあるからね」

「かわいそうに。ぼくもあの虫たちを食べてしまおうかと思ったけれど、とっても多すぎて、こわくて近寄れなかったんです。それからあなたの枝はどんどん枯れて、幹の肌は荒れてきちゃいました。葉っぱたちを助けてあげられなくて、ごめんなさい」

ホオジロの声は、だんだん沈んでいった。だが黒い毛に、輝くような白い模様のある顔を起こすと、声を張り上げてはずむように言った。

「ぼくが今、あなたの幹の上を歩いていきます。はじめてですね、ぼくが幹の上に乗るのは。前はまっすぐに立っていたから、乗ったことがなかった」

「あっ、痛い！　ホオジロさんの爪、ぼくの肌に突き刺さったよ」

「あっ、ごめんなさい。風が吹いたのでちょっとよろけてしまった。じゃあ、幹から降ります」

ホオジロは、倒れた木のそばに掘り出されて積んである、土の塊の上に飛び移ると、茶色の毛に包まれた、ふっくらとした胸をそらせて立った。黒い筋のある羽をきりりとさせた姿はとても美しい。

「ありがとう。でもごめんね。もう、きみたちをぼくのずっと高いところに乗せてあげられなくなって」

「ううん、わたしたちはだいじょうぶよ。他にも木はあるから。でもあなたは、広い庭の真ん中で、まわりに木が一本もないところに立っていたから、とてもよく目立ったの。わたしたちがひと休みする大好きな場所だったわ。あなたはいつもにこにこして、『こんにちは』ってやさしく迎えてくれたもの」

「そうなんだ。ぼくはいつもひとりぼっちだったんだ。近くにはいっしょに話をする木がなかったから、きみたちがくるのがとても楽しみだったんだよ」

「風が吹いて枝が揺れると、あなたは根っこをふんばって、動かないようにしてくれたわ。わたしは枝にしっかりとつかまっていて、ブランコに乗っているみたいでおもしろかったのよ」

「そのぼくの根っこは、今は土の上さ。きみたちには見えるだろう?」

「ええ、黒い土に丸々と包まれていますよ。小さい根がツンツンとたくさん出ていて、とっても元気だ。根がこんなに張り切っているんだから、あなたもこれからきっと元気になりますよ」

「でも、もう、ぼくは……」

ヤマボウシはことばをつまらせてしまった。

それからハッとして、突然叫んだ。

「いやだ! ぼく、死んでしまうのはいやだ!」

「わたしたちもあなたが死んだらいやよ！」

モクさんとハナさんがやってきた。ジーンズの上下の作業着に、長靴と帽子のいつもの庭仕事のかっこうをしている。二人で力を合わせ、ヤマボウシの根を「どっこいしょっ」と一輪車に入れると、前のほうに突き出た長い幹をハナさんが支えた。モクさんが一輪車を押して、ゆっくりゆっくり向こうに運んでいく。雌の秋田犬のロージーが行く手を先導している。

ホオジロ夫妻は涙を浮かべて、それを見送った。「さようなら」と小さく呼びかけると、ヤマボウシは「さよなら」と低く短くこたえて、目をつぶった。これからぼくは死ぬんだ……。ヤマボウシの閉じた目から涙があふれた。

ヤマボウシの恐怖と悲しみは彼だけのものではない。大きくなった木はどの木も、いつ伐り倒されてしまうか、と怖《おそ》れている。

丘の斜面をなぞるように蛇行して、先を歩いていたロージーが木立の前でつと止

まるると、ウワンウワンウワンと吠えた。

「そうだね、ロージー。ここにしよう」

モクさんはこう言って、枯れ葉の積もった地面を深く掘り起こしている。

突然ヤマボウシは、根のほうからドサッと落とされた。ヤマボウシは観念した。

あぁ、ぼくはもう死んじゃうんだ、絶対絶命だ！

ところがその根は、やわらかい湿った土と、たっぷりの肥料の上に乗ったのだ。

するとヤマボウシはスックと立ったのである！

「やっぱりここがいいね」

モクさんが大きな声で言っている。

「そうね、ここならヤマボウシは元気になるでしょう」

ハナさんがはずんだ声を放った。

それから二人はせっせと働いた。ヤマボウシは大盛りの土で根元をていねいにくるまれ、たくさんの水を与えられた。根から幹のほうに、新鮮な水がシャワシャワシャワッと音を立てて、上に向かって流れていくのがわかる。ヤマボウシは息をフウーッと吐いて、そして深く吸い込んだ。新しい力が、水と息の流れといっしょに、からだ中をかけめぐっている。

「ごめんごめん。あそこの場所が悪かったんだ。それできみをもっとずっといい場所へ移したのさ」

モクさんがヤマボウシに詫びた。

「早く元のように元気になって、きれいな花を咲かせてね」

ハナさんがヤマボウシの幹をなでながら話しかけた。

ヤマボウシは、以前の土よりずっとやわらかく栄養豊かな地面に、新しい居場所を得たのである。

太陽もさんさんと降り注いでいる。

「みなさん、こんにちは。ぼくはヤマボウシです。どうぞよろしくお願いします」

ヤマボウシはまわりに立つ木に向かい、大きな明るい声で元気よく挨拶をした。

「こんにちは。ぼく、カシワです。どうぞよろしく」

右どなりにいる大きな木が言った。

「こんにちは。わたしはコナラです。どうぞよろしく」

左どなりの中くらいの木が挨拶した。

「こんにちは。わたしはサクラです。どうぞよろしく」

後ろの小さな木が、恥ずかしそうに答えた。

ハナさんは、その桜の木に近寄ると、いとおしげに幹をなで、「………」と声に出さずに言った。

「ヤマボウシさん、こんにちは。あたしはリスよ。ときどきあなたの幹の上を走ってもいいかしら?」

小柄なリスがヤマボウシの根元にきて呼びかけた。

「こんにちは、リスちゃん。どうぞぼくの木に登って遊んでね」

ホオジロ夫妻が飛んできて、ヤマボウシのまわりをくるくると旋回している。うれしくて飛ぶのをやめられないのだった。ヤマボウシもあまりのうれしさに、まだ真冬だというのに、今にも小枝に芽を出しそうになった。

「あぁ、ホオジロさん、ありがとう。ぼくを励ましてくれて」

「ヤマボウシさん、もうあなたの梢に乗ってもだいじょうぶ？」

ホオジロが待ちきれずにたずねた。

「あぁ、いいよ。いつでもここにきて、いくらでもいてね」

ホオジロはうれしくて、チチッチチッツーツー、と透き通ったきれいな声でさえずった。

モクさんとハナさんは週一回の散歩に出かける。散歩と言っても歩くのではなく、マウンテンバイクに乗って村々をまわるのだ。農家の庭先、街道、野原、森や林、低い山の嶺《みね》、海岸線、小さな滝、大きな川の岸、田んぼの畦道《あぜみち》。朝から晩まで、二台のバイクは疾走する。

「そろそろお昼にしましょうか」

ハナさんのことばに、モクさんはキューンとハンドルをきって左折し、いつもの森へ向かう。ハナさんもぴったりとその後につづく。

突然、急停車したモクさんから悲鳴があがった。

「あれ？　どうしたのだ？　ない、ない、なくなっている‼」

前に飛び出たハナさんも叫んだ。

「まあ、森が消えてしまった‼　いったいどこへいっちゃったの？」

目の前に広がっていたのは、砂利と砂とセメントが敷かれた、真っ平らな広大な地面だけだ。緑色の厚いマントを着て、高い梢を突き出した木々が目の届く限りに群生していたあの森は、あとかたもなく消えていた。そして向こう側の山の稜線が、はじめてくっきりと見えた。青空の中に、なだらかな曲線で輪郭を作り、波打つようにはるかにつづくその光景は、その昔、二人が見た景色にあまりに似ている……。

モクさんは、坂を下った木陰でお弁当を食べている作業員たちを見つけると、つかつかと寄っていった。

「びっくりしましたよ。森が伐り払われちゃったんですね。ここは何になるんですか？」

「オレたちもよくは知らないけれど、どっかから何かの廃棄物を運んできて、置いとくらしいよ」

「ええっ、廃棄物の山になるの‼」

「ええっ、廃棄物の山‼」

ハナさんも悲鳴のように繰り返した。

作業員のかたわらに、伐り倒された木々の太い幹が山積みになっている。

「あぁ、これが伐り出された木ですね。ナラ、シイ、カシ、スギ、ヤマザクラ、ブナ、ウルシ……。いい木たちだったよなぁ。これ、どうするんですか？」

「これからチェーンソーで短くしたら、石油を撒いて燃やすんだ。廃棄物として出すのは大ごとだしな。燃やしてしまえば後始末は簡単だ」

「それはもったいない」

「それじゃあ、木がかわいそうだわ」

「これ、ぼくたちにくれませんか。何かにして役立てますから」

「あぁ、いいよ。そうしてくれればこちらも助かる」

モクさんは、トラックで何度も造成地へゆき、木を積んで運び、救い出した。

このようなことに出会うのは一度や二度ではない。木がたくさん植わっている山、

森、林、野原では、一斉に木が伐り倒され、根っこは引き抜かれてしまう。人間が心地よく生きていくために都合のよい、便利な建物を作るためだ。そして四角い箱のような、無機質の材料で造られた建物が林立する。

木は、二酸化炭素を吸い酸素を吐き出すという大切なはたらきをする。木がなくなればその機能を果たせず、大気が汚染され、公害が深刻になり、温暖化現象が起こる。そして生きものは旱魃《かんばつ》や猛暑、大雨や洪水の被害に苦しみ、生存がおびやかされる。

「木がじゃまになっても、根こそぎにしないで、切り株を残しておいてください。そうすればまたいつか生えてくるでしょう。木の子どもたちも、離れた場所で生まれてくるでしょう」と、木を伐る者たちに懇願した人びとは、昔から大勢いたのだったが……。

ハナさんは向こうの山の嶺を、遠い目で見つめながらつぶやいた。

「いつもこの森で出会っていたあのヤマドリやカケスやアカゲラは、今どこでどうしているのかしら。リスや野ウサギやシカやサルは、どこにいってしまったのかしら……」

緑の自然の中にすんでいた動物たちは、すみかを失い、食べ物を失った。そこで、彼らを敵視する人間の近くにまで、出ていかなければならなくなった。木と同じように、彼らはどんなに恐怖を感じているだろう。

ハナさんの胸に重苦しい記憶がよみがえってくる。何年もかけて、忘れようとしていた想いだ。モクさんは沈み込んだハナさんの様子に、そっと肩を引き寄せた。

春。丘の庭には青々とした景色が広がり、花々が咲きほこって、すでに夏の気配が感じられる。するとどうだろう、新しくみずみずしい葉を出したヤマボウシは、真っ白に光る鮮やかな四片《よひら》の花を、枝いっぱいにつけているではないか！　モクさんとハナさんは、毎日それを見上げては歓声を上げる。

「元気になってよかったわ！　きれいな花を咲かせてくれて、ありがとう！」

ヤマボウシも何年かぶりで、緑色のゆったりとした服をまとったことが、うれしくてたまらない。

そして丘にはもう一つの大きな喜びが待っている。

ヤマボウシの白い花が散る頃、三本の枝が交差したところに、枯れ草を集めて作られた小さな巣が潜《ひそ》んでいた。その中には、ホオジロの卵が二つあった。ヤマボウシは葉を厚く茂らせてその巣をすっぽりとおおい、やさしく守っている。いつかホオジロの子どもたちが、自分の梢に止まって遊ぶ、その日を夢見て。

ハナさんの誓い

春風と陽の光が共に踊っている。ハナさんもうきうきとして、「そうだ、無人スタンドに野菜を並べたら、町のほうへ散歩にゆこう」と思い立った。ロージーをリードにつないでいっしょにゆく。丘の家から曲がりくねった細い坂道をとことこと下り、舗装した街道に出ると、スーッとのびた長い道をずんずん歩いて町へ向かった。

町の入り口の曲がり角に崖があり、その上に大きな古い家が建っている。崖っぷちの庭の隅に、家にも負けないほど古そうな、高くて太い桜の木が立ち、優雅に伸びた何本もの枝が、下の道路におおいかぶさっている。

ちょうど桜は満開で、菫《すみれ》色の空の高みから、薄紅色の桜の花びらが吹雪のように降りしきっている。その吹雪にまみれるために、ハナさんはここへやってきたのだ。何年も前から、いったい幾度、この木の下をいったりきたりしたことだろう。それほどこの桜が好きだった。

ある秋の終わり、ハナさんとロージーはこの崖下を通った。するとロージーが崖を見上げてしきりに吠える。

ハナさんが見ると、あの桜の木はほとんど裸で、わずか数枚の葉が幹にしがみついているのだった。その木のまわりで二、三人の植木職人が、忙しそうに立ち働いている。ハナさんの胸は、ドキン、と一回大きく波打った。

「あのう〜」とハナさんはおずおずと上に向かって呼びかけ、それから強い調子でたずねた。

「この木は伐られてしまうんでしょうか?」

「いいや、枝を払うだけですよ。下の道に枯れ葉が落ちてこまるんでね」

「あぁ、よかった。この木はこのままここに残るのですね」

ところが次の春からはもう、あの夢のような桜吹雪は二度と舞わなかった。かつてはクジャクが羽を華麗に広げているようだった桜の木は、今や、その羽をすぼめて元気のない鳥のようではないか。

かすれた泣き声がハナさんの耳に響いてきた。桜の木がしのび泣いているのだ。その声は、短い枝にためらうようについている、ほんの一、二輪の花を震わせている。ハナさんはじっと桜の木を見つめ、心の中で慰めのことばをかけた。

桜の木の泣き声にまじって、別の涙声がかすかに伝わってきた。

崖の上のこの家に、おばあさんがひとりで住んでいる。おばあさんは庭にあるその桜の木と共に生きてきた。六〇年前、結婚の記念にこの桜の木を植えたのだ。夫は早くに亡くなってしまったが、桜の木はその人の身代わりとなって、おばあさんの人生に深く根づいている。二人の子どもをひとりで育てる励みにもなってきたのだ。この桜の下でする毎年のお花見は、生きる喜びと苦しみを、亡くなった人に打ち明けることでもあった。そうしておばあさんは、ひとりで生きる人生を勇気づけられてきたのだった。

時は、おばあさんの思いを通り越して、足早に過ぎていった。木々に囲まれた敷地の外には、いつのまにかたくさんの家々の軒がつらなるようになった。おばあさんは今、他人の考えや意見にしたがって暮らさなければならない。

「落ち葉が散り積もって掃除が大変なんですよ。この桜の木、伐ってくれませんか」

隣近所の人たちから何度もそう言われるようになった。その度におばあさんはこうお願いした。

「お掃除はわたしが責任をもってします。ですのでどうか、このままでよろしくお願いします」

けれども近所の人は承知しない。枝を払ったにもかかわらず、「木を伐ってください」と言いつづけたのだ。おばあさんはそれ以上、人びとと争いながら暮らしたくはなかった。おばあさんは、枯れ木がポキンと折れるように自分の心を折り、ついに木を伐ることを決心したのだった。

大きな切り株だけが地面に残された。それは、おばあさんと亡くなった夫がこの世にいたこと、二人がこの世で唯一の一対として出会った証しである。おばあさんはこれまでのように桜の根元にくると、お茶をすすりながら、あれこれと思いを巡らすのだ。今は、その大きな切り株が、椅子とテーブルの役目をしている。

おばあさんは、もう二度と花をつけることのない、太い丸太となって庭の隅に積み上げられた桜の木を、どういうふうに残したらいいか悩んだ。

そのうちにひとりの木工家と巡り合った。おばあさんの家からそう遠くない、丘の上に住むモクさんだ。モクさんは、木から美しい家具や食器や雑貨を生み出す優れた工芸家で、何人かのお弟子さんを育てている。そこでおばあさんは、「この桜の木で、何かを作っていただけませんか」と頼んだ。そうすれば、自分はこれからも家の中で、木に宿る亡くなった人の魂、そして桜の木の魂と共に生きられるだろう。

「これはすばらしい桜の木だったのですね。花を見られなくなって残念ですねぇ。しかし、木材としては非常に優れているんです。色の美しい高級な材なんですよ。

立派なものができますよ」

モクさんは興奮気味に言い、おばあさんを喜ばせた。

ところが次に、モクさんは口ごもりながらこう言わなければならなかった。

「しかし……、生《なま》の木では何も作れないのですよ。せめて五年は乾かさないと……。木が乾かないうちは、どうにもできませんねぇ。乾いたらきっとすばらしいものを作ってさしあげますよ」

すでに八〇歳になるおばあさんは、一瞬たじろいだのだが、いさぎよく答えた。

「何年かかってもいいのです。わたしはそれを楽しみにして生きてゆきますから」

その直後、おばあさんは病気になってしまった。床の中で、おばあさんはいつも目を閉じて、菫色の空にただようあの桜の花を愛《め》でている。いつの日か、尊敬する工芸家の愛情によって、桜の木が輝かしいものとなっておばあさんの目の前にあらわれ、それを胸に抱けることを思い描きながら。

ハナさんは、おばあさんのことにとても心を痛めた。そして自分の庭に植えた桜の木を思った。

「わたしたちの大事な桜の木と同じように、おばあさんの桜の木も、ご自分よりも大切なのね」

そして庭に出て、ヤマボウシのそばに立つ桜の木のところにいくと、幹を胸に抱き、それからゆっくりとその肌をなで、やわらかい葉叢《はむら》を見上げて涙を流した。重なった枝から透けて見える青空に、ある姿が幻のように薄く浮かんだ。

そのとき、ホオジロの子どもたちが飛んできて桜の枝に止まり、美しい声で歌ってハナさんに笑みを浮かばせた。

「この桜の木が、あの崖の上に立っていた桜の大きさになるには、あと何年かかるかわからないわ。でもおばあさんの病気が治ったら、きっとこの庭にお招きして、桜の花を見せてさしあげよう。そのためにも、しっかりと看病をしてさしあげよう」

こうハナさんは自分に誓った。

走るタヌキ

「あぁ、お腹がすいたなぁ。森の中には食べるものが何もない。ちょっとそこらまで出ていって、さがしてみよう」

タヌキは森を出て、畑の畔道を歩いている。足を引きずるようにして、とぼとぼ、よたよた、よろよろ、と。ちゃんと歩けないほどお腹がすいているのだろうか。それにしてはお腹はポンポンにふくらんで真ん丸なのだが。

しかしタヌキの姿をよく見ると、右の前足の足首から先がない。それで足を引きずっているのだ。

深い森の中にはたくさんの動物や鳥がすんでいる。が、このあたりは町に近いので、動物よりも鳥のほうが多い。森の梢に巣を作り、群れをなして飛び回っている。

その鳥たちをねらって、鉄砲をかついだハンターたちが、どこか遠い町からやってきて、パーンパーンと鉄砲をうち、鳥や動物を殺してしまうのだ。

ワナをしかけるときもある。ウサギやタヌキなど、小さい動物の歩く道、獣道《けものみち》にしかけておくのだ。それにかかると足やしっぽをはさまれて動けなくなる。きっとタヌキもそれにかかってしまい、どうにか引き抜いたときに、足を一つなくしてしまったのかもしれない。

タヌキは、畔道からつづく斜面を降りていく。斜面は、ミカンの木が並んでいるミカン畑だ。小さなミカンが一つか二つ、風に吹かれて落ちているのを拾うのだ。「あっ、あそこに一個ある」と、タヌキはそれに向かって必死で歩いていく。でもなかなか進めない。あと二メートル、一メートル、五〇センチ……。

と、突然、カラスがサーッと降りてきて、そのミカンをするどいくちばしに刺すと、空に舞い上がった。そのすばやさは、風のひと吹きと同じだ。タヌキはがっかりしたが、なおもミカン畑をうろうろと歩きまわり、ミカンをさがしている。

それを見ていたのはホオジロだった。ミカン畑の上の丘に建つ、モクさんとハナさんの家の屋根に止まっていたのである。この屋根からは谷の全体が見渡せるのだ。ホオジロは急いで近くの窓にゆき、ガラスをくちばしでコツコツとたたいた。すると中にいたハナさんが、その音に気づいた。

ハナさんが窓の外を見ると、向こうの斜面を、タヌキが一生懸命に歩いている。タヌキの足が一つないことは、前から知っている。庭の隅の生ゴミの山の中で、野菜を食べていたタヌキを見たことがあるからだ。

「まあ、タヌキが森から出てきたわ。きっと食べ物をさがしているのね」

ハナさんは、小さなミカンと小さく切ったリンゴをもって外に出ると、

「おーい、タヌキさぁん、これを食べなさぁい！」

と、下のほうにいるタヌキに向かってくだものを投げてやった。

タヌキはハナさんを見ると、突然、逃げるように走り出した。畑の斜面をまっすぐにどんどんくだっていく。その速いこと速いこと！　足が一つないことなどすっかり忘れている。他の動物たちと少しもひけをとらない。

ハナさんはその速さにびっくりした。そしてこう思ったのである。一生懸命に

なれば（それがたとえ、恐ろしさからだったとしても）、生きものにそなわる力は、こんなにすばらしくあらわれるものなのだ。からだに不自由があっても、しかたがないとあきらめることはないのだ。きもちしだいで、動かないからだも動かせるのだ、とタヌキが教えてくれている。

でもハナさんは、タヌキが自分を怖れて逃げたことが悲しかった。

「おいしいくだものなのに、タヌキにわかってもらえなくて残念だわ。あとで気がついてくれるといいのだけれど」

ホオジロはハナさんのきもちを察した。そこでタヌキの後を追って飛んでいき、あっという間にタヌキの真上に追いついた。

「タヌキさん、タヌキさん、あそこにくだものがあるのよ。上のうちのハナさんが、あなたにくれたのよ」

タヌキは、それを聞いてぴたっと止まった。それから畑の上のほうを振り返って見てみると、たしかにミカンとリンゴが地面の上にあった。彼はひとりつぶやいた。

「あぁ、そうだったのか。ぼくは石を投げられたのかと思ったんだ。だって、ぼくのこの歩き方を見て、みんながはやしたてるんだ。やーい、びっこ。びっこののろま、って……。人から石を投げつけられたこともあったんだ」

タヌキはきびすをかえすと、またとぼとぼと斜面を登っていった。けれども今度は真っ直ぐではなく、斜めに、ジグザグに、なるべく体力を使わないようにして、ゆっくりゆっくりと。すっかり安心していることが、ハナさんにもわかった。

ようやくのことでくだものを口にすると、タヌキの乾いたのどは、ミカンの汁で甘く冷たくうるおった。リンゴは空っぽのお腹をみたしてくれた。

すっかり食べおえると、タヌキはきょろきょろして、もっとないかとさがしている。そこでホオジロはすぐそばのミカンの木に飛んでいき、ミカンをつついてタヌキのそばに一つ落としてやった。

「ありがとう、ホオジロさん。ごちそうさま。きみはいいなぁ、どこにでも飛んでいけて。高い木の上にも止まれて、食べものをさがせて。うらやましいよ」

「でもね、タヌキさん。わたしたちにも食べものが見つからないことがあるのよ。森の木はどんどん伐られて減ってしまうし、地面がコンクリートになって草が生えないから、虫や種も見つからないことがあるの。わたしたち、森にすんでいるものの苦労はみんな同じなのよ」

「そうだねぇ。それはこまった問題だなぁ」

「だからこのうちの人たちは、それを心配して、ときどき、くだものやごはん粒や、おせんべいやパンくずを庭に置いてくれるのよ。わたしたちがそれを食べると、ここの人たちはとても喜ぶの」

「そうだったね。この前ぼくは庭に遊びにいって、新鮮な水をたくさんのんだよ。小さい池と水鉢に、いつも水をためておいてくれるだろう」

「そうよ。わたしは水浴びもするのよ。とってもきもちいいわ」

「こんどこのうちの人たちに会ったら、逃げないでちゃんとお礼を言おう」


太陽がいっぱいのある日、ハナさんは庭に出て、花壇の花や野菜の手入れをしていた。黄色いラッパズイセンが、太陽に向かってにこにこと笑っている。ハナさんは、このスイセンを摘んで、無人スタンドに置いて売るのだ。

次にキャベツの大きな葉の毛布を広げたら、その真ん中で、あかんぼうのような真ん丸い顔がつやつやと輝いていた。

ふと誰かが自分を見ている気がして、ハナさんは後ろを振り向いた。そしてキャベツと同じくらい真ん丸な顔の中にある、真ん丸な二つの目と出会った。そう、それはタヌキの顔だった。とても愛嬌のあるかわいらしい顔だ。「フ、フ、フ」とハナさんは小さく笑った。

「あらっ、こんにちは、タヌキさん。お元気?」

「はい、元気です。いつかはおいしいくだものをありがとうございました」

タヌキは少し照れながら、でもはっきりとあいさつをした。

「ひとことお礼を言いにきました」

「お礼だなんて……。わたしがあなたたちにできるほんの小さなことですよ。それよりも、あなたがあんなに速く走れるなんて、とっても感動したわ。わたしたちは、自分のもっている能力をあまり使っていない、と反省しました。ありがとう」

そのことばを聞いたタヌキは、足を一つ失っても、生きていてよかった、と思っ

た。

タヌキはハナさんの目の前でさっと身をひるがえすと、森へ向かった。タッタッタッ、と音が聞こえるほど、力強く、すばやい歩調で。四本の足で走っているかに思えるほど。

ホオジロは全速力でタヌキに追いつき、タヌキの真上を飛んだ。

掘ったのは誰？

「よーし、掘るぞー！」

モクさんがクワを両手ににぎりしめると、堅い土を掘り返しはじめた。さあ、どれほどたくさんのサツマイモが出てくることだろう。

ハナさんは、手袋をはめた両手を、掘り返された土の中に入れてまさぐる。二人はたくさんの収穫を期待して、せっせと仕事に励んだ。けれど掘っても掘っても、さがしてもさがしても、オイモは一つとして出てこない。

「変ねぇ。どこにあるのかしら」

「ええっ、まだ一つも出てこないのかい？　それはおかしいなぁ。葉っぱはこんなによく茂っているし、ツルもこんなに長く伸びているよ」

モクさんは、ハートの形をした大きな葉が並んだ、紫色の長いツルをたぐりよせながら言った。それからもっと深く掘り返した。けれどもやはり、オイモはぜんぜん出てこない。いったいどうしたのだろう？

「きっとわたしたちの前に、誰かが掘ってしまったのね。でも一つ残らずだなんて、ちょっとひどいわね。わたしたちのオイモなのだから、少しは残しておいてくれてもいいのに……」

ハナさんがつるんとした額に縦皺を寄せ、口をとがらせて言った。

「そう言えば、土はいつもより軽い感じがするなぁ。一度、掘り起こされたようだな。やっぱり誰かが夜中にきて、掘ってもっていったんだろう」

モクさんはがっかりして、クワに寄りかかってひと休みした。

「でも、イモどろぼうなんて言いたくないね。きっと、とてもオイモが欲しかったんだろうから。いいや、きっと、とても必要だったんじゃないかな」

「そうね、そうかもしれないわね。わたしたちは、そこの農家で買ってくればいいんだわ」

二人はイモ掘りをやめて、今度は落花生《らっかせい》の植わっている菜園へいった。落花生は、英語名のピーナッツと呼ばれることが多い。

赤く薄い皮にくるまったおいしいピーナッツは、誰でも好きだろう。モクさんも大好きだ。モクさんは好物の食べ物は自分で作っている。と言っても、どの野菜の苗床も、たった二平方メートルの広さだが。

モクさんは春頃に、ピーナッツの一粒一粒を、土に埋めて育ててきた。夏になると、蝶々のような形をした黄色い花が咲いた。花が終わって地面に落ちると、花の元にある子房《しぼう》という実になる部分が、どんどん土の中にもぐっていき、土の中でさやに入った豆が生まれる。それで「落花生」と言うのだ。秋になって、すっかり枯れた茎を抜くと、たくさんのピーナッツのさやがついている。

モクさんはピーナッツの茎を抜いた。ところが豆入りのさやはまったくついていない。

「あれ、これにもついてない。こっちにも。不思議だなぁ。花はあんなにきれいに咲いていたし、株はとても元気だったから、ピーナッツがたくさんとれると思っていたのに……」

二人はまたもやがっかりした。どうしてピーナッツがないのか、誰かが先に掘り出してしまったのか、理由はわからない。

「あ～あ～あ、残念だなぁ」

そう言いながらも、二人は気をとりなおして、カボチャを一つ、ツルになっている茎からとった。ハナさんは、おいしいカボチャのスープと、カボチャの煮物を作って夕食のおかずにした。

トントントン、トットットン。月が半分雲に隠れている真夜中、誰かが玄関のドアをたたいたような気がして、モクさんは眠い目をこすりながら起きた。寝床で夢を見ていたロージーも起きて、ワンワンワンと大声で吠えながら、裏口からかけていった。猫のミャウも少し遅れて部屋から出てきた。
モクさんがロックを外し、同時に外灯のスイッチを入れてドアを開けた。するとドアの前に何やら置いてある。それはサツマイモだった。泥のついたオイモが五本、

やわらかい枯れ草に包まれている。

ハナさんもやってきて、オイモを見てうれしそうだ。

「あら、このオイモ、きっと贈りものね。誰かがくれたのね」

そしてオイモをかかえ、しばらくじっと考えた。

「もしかするとこれ、うちのオイモを掘った誰かさんが、少しだけ返してくれたのかもしれないわ」

でも、それは誰なのだろう？　みんなで外に出てみたが、影一つなく何の音もしない。ただ虫の声だけが小さく聞こえている。

「ゴウホウ、ゴウホウ、ゴウホウ。わしは誰だか知りませんよぅ」

柿の木に止まっているフクロウの福朗爺《ふくろうじい》が、聞かれもしないのに言った。目をぱっちりと開けていたのだから、きっとここにきた誰かを見ているはずである。

「ううん、誰でもいいのよ。こうやって少しだけど、返してくれたんだから」

ハナさんはそう言い、モクさんもうなずいて、オイモを枯れ草にくるんだまま、家の中にもっていった。

掘ったのは誰？

次の日、モクさんとハナさんは、森と庭の境にあるベンチに座って、本を読んでいた。すると、タヌキがやってきた。

「こんにちは、モクさん、ハナさん」

「おや、タヌキさん、こんにちは。元気そうだね」

「お腹が真ん丸ね。何かごちそうを食べたんでしょ？」

「あぁ、ばれちゃった。実は、サツマイモをたくさん食べたんです。この前、イノシシが全部掘り出したそこの畑のサツマイモを、少しくれたので」

「ええっ、イノシシが！　畑を掘ったの？」

「えっ、イノシシがこの森にいるのかい？」

「いいえ、ここにすんでいるのではなくて、ずうっと向こうの山の中なんだけど、そこには食べる物がないので、さがしながらこんなところまできてしまったのだそうです。そしたらイモ畑があったので、掘っていたんだって。ぼくはそれを見つけて、ちょっとこわかったけど、近寄って注意したんです。

『これはモクさんたちのだから、黙ってもっていっては駄目ですよ』

するとからだの大きな強そうなイノシシは、こわい顔をして、ドスのきいた低い声で言ったんです。

『子どもたちが腹をすかしているからしかたがないのさ。わしらのすむ山には食べ物が何もないんだ。さがし歩いて、こんなところまできてしまったんだ。おまえさんにも少しやるから、黙っていろよ』

『はい、黙っています。だからお願いだから、ここにくるのはこれっきりにしてください』

『おう。もうこないさ。他に食べ物もなさそうだし。それにわしのすみかはここから遠くて、二度とこられないさ』

それからイノシシはドシドシと音を立てて、サツマイモといっしょに山の向こうに消えちゃいました」

タヌキは安心して、残された分け前をもらったのだった。でも、イノシシの子ども——姿形が瓜に似ているのでウリボウと呼ばれる——は一〇人もいるそうなので、

少しかわいそうになった。

タヌキは荒れた畑をていねいにならして、元の通りに見えるようにしておいた。それから少し後になって、タヌキは、モクさんたちがイモ掘りをしているところを見たのだった。そして気の毒になって、その晩、分け前を届けたのだ。

「そうだったの、ありがとう。イノシシの子どもたちが喜んで食べているところを想像すると、わたしたちもうれしいわね」

けれどもモクさんは、少し暗い顔をしてこう言った。

「ぼくはイノシシに会いたかった。そして、農家の人たちがどれほど困っているか、説明したかった。田んぼの稲を引っかき回して、米をとれなくしてしまう。野菜も全滅だ。だから米作りのできなくなった田んぼや、荒れた畑があちこちに放置されている。田畑を壊すことを、なんとかやめてくれないものか」

「そうなんじゃ。これはなぁ、この村だけじゃない、日本全国、どこでも起こっている問題なのじゃよ」

そばのブナの木で昼寝をしていたはずの福朗爺が、誰に言うともなく話し出した。

ギリシア神話では知恵や知識の神とも言われているこのフクロウのことばに、モクさんはじっと耳をかたむけた。

「『有害鳥獣』って知ってるかな。農作物や住民に被害を与える野生動物や鳥のことを、人間がこう名づけたのじゃ。イノシシ、シカ、サル、キョン、カラスなどじゃな。本来なら山や森にすんで、自分たちの縄張りの中で生息していたのじゃが、人間どもが開発のために山を切り崩しているから、彼らのすみかが、つまり食べ物がどんどん失われていくのじゃよ。

そこで食べ物をさがして、人間のすみかまで出ていかねばならんことになった。彼らにしてみれば、生存のための当たり前の仕事なのじゃ。いつか会ったイノシシが嘆いておったなぁ。

『わしらのこれまでの食べ物は、ドングリや昆虫や、クズの根や山芋の根だった。ところが今はもう、満腹するほど手に入れることはできなくなってしまった。そこで食べ物をさがして、そこら中をさ迷わなくてはならなくなったのだ。

わしらは土を掘って、中にあるイモや球根類を食べる。土の中の食物だけじゃなく、木に生《な》るくだものもいいのだ。植物がなければ、ミミズや虫だっていい。たいてい、堆肥《たいひ》や、よく肥えた土の中や、山積みにされた刈り草の下にたくさんいる。そういうところを掘って、いただくのさ』

こうしたイノシシたちの生きるための仕事を、人間が勝手に〝害〟と名づけているんじゃ。そして苦しい目に遭わされて捕獲される。わしらにしてみれば、そんな人間のほうこそ〝害〟なのじゃ」

それを聞いてモクさんはハッとなった。

「あぁ、うちのビワが今年はどうも数が少ないと思ったら、イノシシの仕業《しわざ》だったのか！　そういえば木のまわりがぐちゃぐちゃになっていたな。いつやってきたのだろう」

ハナさんもうなずいた。

「わたしの百合花壇で二〇本のユリの根が、ぜんぶなくなっていたのは、きっとイノシシの食料になっていたせいね。ぜいたくねぇ。人間だって、百合根を食べるのはお正月のごちそうとしてなのに」

モクさんは合点がいった。

「ぼくの畑やハナさんの花壇の土が掘り返されているのは、ぼくが一生懸命に作っている、堆肥のまじったおいしい土のせいなんだ。ヘビの子どもくらい太いミミズや、カブトムシの太った幼虫がウジャウジャいるからね」

福朗爺が、ウンウンとうなずいてから、話をつづけた。

「まあ、人間とイノシシの言い分はどっちもどっちだ。だが人間は技術をもっているからそれを使うんじゃな。電気を通した柵を作って、イノシシやシカが触れると、ショックを与えて逃げるようにする。それとも鉄柵で作った檻の箱罠《はこわな》じゃな。これは檻の中に餌を入れて、誘導してとらえてしまうのじゃ。すると殺処分をすることになる。そしてその肉を、人間がありがたくいただくというわけじゃな」

そう言えば、モクさんの近くの田んぼに、二キロ以上の長さにわたって、延々と柵が張り巡らされていた。それを見て、モクさんは驚いたのだった。そうか、田んぼの持ち主がそれぞれに設置するのでなく、地域でまとまってすればより効果的に田んぼを防護できるのだ、と納得した。

福朗爺が胸を張り、声をやや大きくして言った。

「オッホン。人間のすみかばかりが大きく広がっているが、これからは野生動物のすみかも確保していき、双方がこの狭い地球をすみ分けて、共に生きていく方法を見つけることが大事じゃな。ゴホン」

黙って聞いていたハナさんが、話のとどめをさすように、せき込んで言った。

「そうだわ、イノシシや野生動物のすみかと食べ物を奪っているのは、わたしたち人間だわ。人間は何もしなくても生きていけるようにすることばかり考えて、山を壊してそこにいろんな物を建てているのよね。そして行き場を失った野生動物を捕まえて殺して、その肉を食べて、あぁ、おいしい、だなんて。同じ生きものとして恥ずかしいわ」

「わしもそうだが、自然のど真ん中で生きているものにとって、おまえさんのように同情心をもってくれるのはありがたいのう。

しかし、攻防の末にとらえた獲物の肉を食べるについては、これは仕方ないのじゃ。その肉を活用するのじゃからな。それに人間たちは、イノシシの肉をボタンの花にたとえて敬っておるじゃろう。シカの肉ならモミジ、ウマの肉ならサクラとな」

「あら、それは、動物の肉を食べることを禁じられていた時代の隠語なのよ。その肉を食べるためにね。ほら、四足の動物の肉を食べることを禁じられたので、ウサギを二本足の鳥に見立てるために、一匹と言わず、一羽と数えたというでしょう」

すると福朗爺は、翼の先で頭をかきながら言った。

「おおそうか、おまえさんたちは肉を食べずに菜食をしておるのだったな。ベジタリアンとかいうのだったな。それならそんなふうに思うのは当然じゃのう。だがな、人間は雑食して進化してきたのじゃから、肉を食べるのは当たり前なのじゃよ。世界中に狩猟民族がいるわな。日本にも、『またぎ』という、山で狩猟をして生計を立てる伝統文化があるじゃろう。風土や歴史によって、生きものはさまざまなのじゃよ。

いや、実は、わしらフクロウ族も肉食でな。鳥やネズミやカエルなどをいただいておるのじゃよ」

そう言い終わると、福朗爺はそそくさと飛び去った。

「生きものそれぞれ……か」と、ハナさんは思案顔でつぶやいた。モクさんは

「それは自然界の食物連鎖だ」と物知り顔で言った。

福朗爺の演説を真剣に聞いていたモクさんたちは、すっかりお腹をすかせた。ハナさんはオイモをふかして、モクさんとロージーとミャウといっしょに食べた。オイモはあたたかくて、甘くて、ほくほくして、とてもおいしかった。

コツコツコツ。聞こえないほど小さな音が玄関のドアでしている。それをすぐに聞きつけたロージーが飛んでいった。するとそこにいたのはリスだった。

「あぁ、リスちゃん。遊びにきてくれたのね」

「ええ。でもその前に、これをお返ししないといけないの」

リスは、まだ枯れていない大きなカシワの葉に山盛りにした、さやつきのピーナッツを両手でかかえて差し出した。

「あの、これ、ここの畑のピーナッツよ」

「ええっ、あなたが掘ったの？」

「ううん、あたしじゃないわ。モグラさんよ。モグラさんは畑のピーナッツをぜんぶ集めて、畑の隅に隠していたの。あたしが見つけちゃったの。『駄目よ、これはモクさんのよ』って言ったら、『少しあげるから見逃してくれよ』だって。あたしは二つだけいただいて、あとは返すわね」

それを知ったモクさんとハナさんは慰められた。

「そうだったのか。これで食べ物をみんなで分け合ったことになるね」

リスとロージーは、なかよくいっしょに森の中に消えていった。

あたたかさは五回

モクさんはせっせと竹藪《たけやぶ》を刈っている。庭と森の境に細い篠竹《しのだけ》がはびこって、森の出入り口をふさいでいるのだ。何日もかかって伐り出した竹は、山のように積まれた。これでモクさんは、らくらくと森の中に入っていける。森の奥からは、鳥や動物たちが外へ出てくることができる。

パ・パーン！　パ・パーン！　パ・パーン！

突然、鋭い音が森の奥から響いてきた。すると音がしたほうから、できたばかりの出入り口を抜けて、一匹のウサギが飛び出てきた。ウサギの後ろから猟犬が追ってくる。ウサギは全速力で走りつづけて丘を登り、庭に入り、細い通路を伝って一目散に家のほうに向かっている。それをたまたまモクさんとハナさんが、二階の窓から目撃した。

「あ、あれは森のウサギだ。ウサギさん、がんばって！」

「ほら、もうちょっとでうちの玄関だよ。そこにお入り！」

「こらっ、ワンちゃん、こっちにきちゃだめよ！」

「シッ、シッ、あっへいきなさい！」

モクさんとハナさんは必死で猟犬を追い払おうと、大声を上げた。その声を聞きつけたロージーが、下の森に向かって転げ落ちるようにかけていった。そして鉢合わせした猟犬の前に立ちはだかると、頭を後ろにそらせ、からだ全体を声にして吠え立てた。

猟犬は、突然あらわれたがっしりした犬の、とどろくような声に驚いてそこに立ちすくんでしまった。そのすきに、ウサギは丘の上の家までたどりつき、開いていたドアから中に入って身をかくした。そして息をひそめてしばらくそこにじっとしていた。

「ハーハーッ。ウサギさん、ハーッ。もうだいじょうぶよ、ハーッ。猟師も猟犬もいなくなったわよ、ハーッ」

息を切らせたロージーがウサギを迎えにきた。

「あー、助かった！　ロージーさん、ありがとう。こわかったなぁ。ぼくはもうだめかと思ったよ」

ウサギは安心して森へと歩き出した。ほっとすると空腹に気がついて、途中の畑に落ちていたニンジンを拾って食べた。甘い汁が口の中に満ちた。

窓の下の畑でニンジンを食べているウサギを見て、モクさんとハナさんは、ウサギが助かったことに安堵した。それからロージーに、

「ロージー、ありがとう。ウサギさんを助けてくれて」

と声をかけた。ロージーは二人を見上げ、しっぽを振り、歯を見せて笑った。

モクさんは今日も薪割りをしている。そろそろたくわえが少なくなってきたのだ。やれやれ、またどこかへいって、薪用の木を拾ってこなくてはならない、と考えて

いた。ロージーが、じゃまにならないところでモクさんを見守っている。すると、モクさんが切り開いた森の出入り口から、あのウサギが、そろそろとやってきた。

「やぁ、ウサギくん。この前は、猟犬に追いかけられて大変だったなぁ。でもきみは足が速いねぇ。オリンピックに出られるよ」

「モクさん、ロージーさん、助けてくれてありがとう。ぼく、お礼に何かおてつだいしたいなぁ。でも薪割りはできないし、そうだ、ぼくといっしょに森の中に入りましょう。こっちへきてください」

モクさんは、ウサギが何のために自分たちを森の中に連れていくのかわからなかったが、ちょっとおもしろそうだ、と思った。みんなはそろって森へと向かった。ウサギが先に立ってモクさんを案内する。

森の中は、紅葉の終わった落葉樹の裸になった木が多いので、十分に明るい。あちらこちらに、青々とした葉をつけた、常緑樹のシイやアオキや低いシュロの木もある。濃い緑の葉がつやつやと光っている。それは、高い木々がさしのべている枝の間から降ってくる太陽の光だ。みんなはかさかさに乾いた落ち葉を踏みしめて、軽やかな音を立てながら歩いていった。

ピョー、ピョー、ピョー。キツツキが木の上で鳴いている。

「やぁ、キツツキくん、こんにちは」

キツツキはモクさんに答えてもう一度、ピョー《こんにちは》と高く鳴き、みんなの頭の上でゆっくりと羽を動かしながらついていった。

少し進むと、真ん丸い顔が向こうの茂みからのぞいている。

「やぁ、タヌキくん、元気かい？　今、畑にミカンがたくさん落ちているよ。食べにいらっしゃい」

と、モクさんは声をかけた。タヌキはニコッと笑ってこちらに歩いてきて、みんなといっしょになった。足が一つないタヌキの歩調に合わせて、モクさんとウサギとロージーは、ゆっくりと歩いた。

この森の中にはいろいろな木があるが、とくに多いのが、シイノキやカシである。成長が早いので大木もある。そのそばには子どもの木も育っている。木と木が近すぎて密になると、太陽の光が通りにくくなり、育ちが遅いので、間の木を伐り倒さ

なければならない。これを間伐《かんばつ》と言う。間伐しなければならない木が何本もあった。ウサギは、そんな木をモクさんに見せて、木を伐り倒して薪にしてもらえばいい、と思ったのだ。

「これはすごいなぁ。いい薪になるぞ。それじゃ、オノをとってきて、少しだけ伐ることにしよう。ウサギくん、ありがとう」

モクさんは笑顔で木々の幹に触れている。これならきっと冬の間、薪はとぎれることはないだろう。薪ストーブの中でパチパチと燃えつづけ、丘の上の家はポカポカとあたたまり、家族はしあわせに違いない。

あたたかいしあわせは、ほんとうにやってきた。

モクさんは森の中でいらない木を伐り、それをかついで庭にもっていった。何回も往復したので、モクさんのからだはすっかりあたたまった。これは一回目のあたたかさである。

それからその木を何日間も太陽に当てて干した。そして薪ストーブにくべるために、オノをふるい、小さく割る。そのとき、全身の力を使う。モクさんのからだはぽかぽかしてきた。これは二回目のあたたかさだ。

北風がピューピュー吹いている冷たい日。モクさんは薪ストーブをたいた。部屋中に木の香りのするぬくもりがこもってくる。モクさんもハナさんも着ていたセーターを脱ぐほど暑くなった。これが三回目のあたたかさ。

ハナさんはストーブの上にお鍋を置いて、料理をはじめた。ジャガイモやタマネギ、キャベツやニンジン、シイタケやお豆腐がたっぷりと入った、味噌味のスープである。どっしりとした焼き物の器にスープを注ぐと、二人はストーブの前にクッションを置いて座り、その夕食をおいしく食べた。これが四回目のあたたかさ。

二人のそばでロージーとミャウがうずくまり、赤々と燃える炎の色に染まってすやすやと寝息を立てている。二人はからだばかりか、心の中にまでぬくもりが伝わっていくのを感じた。これが五回目のあたたかさである。

こんなにたくさんのあたたかさを、薪――もともとは木や大地――がくれたのだった。薪もまた、火になり灰になることをしあわせに思う。火はかまどの中で愛の女神になる。灰は愛の肥料として大地に撒かれ、土や植物の栄養となってその命を再生させるのだから。

ロージーのしあわせ

「ウオン、ウオン、ウオン、ウオン！」

ロージーが、庭と森との境にある低い藪《やぶ》に向かって吠え立てている。ロージーの声は低くて太いので、こんなに吠えると恐ろしいくらいに響くのだ。それは木々にこだまして、森の奥深く伝わっていった。

森のずっと向こうの木に止まり、木の実をついばんでいたホオジロにも、その声は届いた。急いで声のほうへ飛んでいく。同時に、家の中からハナさんも飛び出てきた。

「どうしたの？　ロージーちゃん！」

人と鳥がいっしょに叫んだ。ロージーはそれに答えず、ずっと吠えつづけている。

ハナさんが藪の陰をよく見ると、ロージーの鼻先に小さな子犬が潜《ひそ》んでいた。子犬はロージーの吠え声におびえてふるえている。からだ全体が真っ黒で、脚は短く、長い耳が地面にくっつきそうにたれている。

「まあ、ダックスフンドのあかちゃん犬だわ！」

ハナさんはロージーを押しのけて、犬を胸に抱きとった。

ロージーは吠えるのをやめた。そしてハナさんと子犬をじっと見ている。ハナさんと犬たちは、庭の階段をゆっくりと上がっていく。ホオジロは、みんなの頭の上をぐるぐる飛びまわりながらついていった。

家の裏戸の前にロージーの寝床がある。ハナさんは子犬をそっとふとんに降ろした。

「ここにいてね、今ミルクをあげるからね」

子犬はそこにじっとうずくまっていたが、やがてもらったミルクを、ピチャピチャと音を立てておいしそうに飲んだ。ハナさんは笑顔でその頭をなでている。

ロージーは子犬の前に立ったまま、それを見守っている。その顔は不審そうで不満そう。それからプイッ、とどこかにいってしまった。

ロージーは夕食を食べ、それから寝床に入った。だが、子犬がいて邪魔だ。そこでウウウーッと低くうなった。子犬はふとんの隅に逃げた。自分の居場所ができたロージーは、ようやく眠りについた。

翌朝早く、ロージーは鼻の頭に、ネチャッとした生あたたかいものを感じて目を覚ました。子犬がぺろぺろとなめているのだ。ピクッと身を震わして跳び起きると、ロージーはまたもや子犬を追い払おうと、ウウウーッと威嚇《いかく》した。子犬はよろよろと歩いていって、少し離れたススキの株の下にうずくまった。朝日がそこを目がけて射し込み、子犬をぬくぬくとあたためた。

家の中から黒猫のミャウが出てきた。子犬はうれしくなってミャウに「ワン《おはよう》！」と呼びかけた。ミャウは「ミュウ《おはよう》！」と一声かけて、ご飯を食べに家の中に戻っていった。

朝ごはんの鉢を二つもってハナさんがやってきた。

「おはよう、ロージーちゃん！　おはよう、子犬ちゃん！　あら、子犬ちゃんは

どこ?」

ロージーは知らんぷりをして、せっせとごはんを食べている。ハナさんは小犬を見つけた。

「おや、子犬ちゃん、そんなところにいたのね。あぁ、そこは陽がいっぱいね。あったかいでしょ」

と言いながら子犬にミルクをやった。そして、頭をなでながら子犬に聞いている。

「あなたはどこの子かしら。名前は何かしら」

子犬は昨日から悲しそうな顔をしたままである。そんな様子を、ロージーはちらちらと横目で見ている。

ロージーは階段をヒョンヒョンと降りて、庭のずっと隅のいつもの場所、自分のトイレにいった。

子犬はロージーがいなくなったので、彼女のふとんに丸まった。朝寝をしたかったのだ。するとまたロージーが戻ってきて、「ウウウーッ」とうなった。子犬がそれでもじっとしていると、ロージーは今度は歯をむき出した。

そばのカエデに止まって犬たちの様子を見ていたホオジロが、あわててハナさんを呼びにいった。ハナさんは、ロージーが子犬に跳びかかると思い、急いで子犬を抱きあげた。

「ロージーちゃん、どうしたの？　何を怒っているの？　迷子のあかちゃんなんだから、やさしくしてあげなければだめよ」

そこまで言って、ハナさんははっと気がついた。そうか、「やきもち」か。ロージーはわたしが子犬ばかりに気をとられているので、自分のことなど忘れてしまったのかと心配になったのね。

そこでハナさんは子犬を抱いたまま、ロージーの頭もいっしょに抱いてやった。するとロージーの顔は子犬に押しつけられた。

「ロージーちゃん、あなたはいい子よ。わたしの大切な娘よ。でも今は、この迷子のあかちゃんにやさしくしてやりましょうね」

ロージーは、かあさんが自分を忘れていないこと、自分を好きでいることを知った。

台所で料理をしていたハナさんは、ふと窓の外に目をやった。すると向こうの細道を、ロージーと子犬が歩いているではないか！　その後ろからミャウがついていく。ロージーは子犬の前をゆっくりと歩き、ときどきふりかえって子犬のほうを見ると、そこに止まっている。子犬が追いつくとまたゆっくりと歩き出す。

三匹が散歩をする小道には、クローバーが短くびっしりと生えているので、道はやわらかい。道端はチカラシバやエノコログサで縁取られている。傾いた秋の陽が、草ぐさの影を斜めに長く伸ばしている。三匹の影もぐんと長くなり、お化けの犬たちが、赤みがかった空へふわふわと浮いていく。

散歩から帰った犬たちは、疲れたのか、ふとんの上に重なり合って眠った。ロージーは子犬をしっかりと抱いている。それを見てハナさんは安心した。耳のたれ下がった真っ黒なあかちゃんを、耳をピンと立てた金色のロージーが抱いている姿は、とてもきれいでほほえましい。

ロージーということばは、「バラ色の」という意味だが、その金色の毛の美しさをバラの花に見立てて、ハナさんが名づけたのである。それに加え、彼女のおだやかでやさしい性格をもあらわしているのだ。

実はロージーは、子どもを産んで母親になることができない。子どもができないように手術をされてしまったのだ。だが、モクさんとハナさんの娘として、雄猫のミャウと共にずっとしあわせに暮らしてきた。

ミャウがこの家にすんでいるのにはわけがある。生まれてすぐに、この丘の向こう側の藪の中に捨てられてしまったのだが、ひとりで一生懸命に生きてきた。

ある日、人に追い払われて林の中に逃げ込むと、すぐ目の前に小さな茶色の鳥が横たわっていた。

「どうしたの？」

「わたし、木の幹にぶつかったときに、足を怪我してしまって動けないの」

鳥は泣きながら言った。そして目をつぶると口ごもりながら言った。

「猫さん、もし、よかったら、わたしを、食べてもいいのよ」

「ええっ、きみを食べるなんてとんでもない。助けてあげよう。ぼくがきみを口にくわえるけど安心してね。誰か親切な人に、きみの足をなおしてくれるように頼んでみるから」

「ありがとう。うれしいわ。わたし、ホオジロです」

猫はそっと小鳥を口にくわえると、林を抜け、はじめに目に入った家に向かい、無我夢中で突っ走った。

ハナさんが庭にしつらえたポールに洗濯物を干していると、足下に何かがさわった。下を見たとたん、ハナさんは「キャーッ！」と叫び声を上げた。見たこともない黒猫が、鳥を口にくわえ、じっとそこにうずくまっているではないか。ハナさんは、猫が鳥を殺して食べているのだと思った。だが、猫は小鳥をそっと草の上に放した。

ハナさんは勇気を出して小鳥をよく見たが、あまり傷ついてはいない。が、足が折れそうになっていて、鳥は起きあがろうともがいている。猫は下からハナさんの顔を、その光る大きな瞳でじっと見つめている。目の中に訴える力がこもっている。

そして一声「ミャー」と高く鳴いた。

「まあ、足に怪我をしているのね。かわいそうに。今、手当てをしてあげましょうね」

ハナさんの手当てのおかげでホオジロはすっかり元気になり、近くの森に飛んでゆき、そこにすむようになった。

「猫ちゃん、あなたはどこの子?」

猫は返事をせずにうなだれている。

「もしかすると、おうちがないのかしら」

猫はコクンとうなずいた。

「そう、それじゃあ、ここでいっしょに暮らしましょう。名まえは、そうねぇ、あなたの鳴き声から、ミャウちゃんはどう?」

猫はにっと笑った。こうしてミャウはこの家の子になったのである。

ハナさんが裏口に出ると、何か音がする。「チュッ、チュッ、チュッ」、音のする

ほうを見ると、そこはロージーの寝床だ。ロージーが四本の足をまっすぐに伸ばして横たわっていて、子犬がロージーのお腹に顔を埋《うず》めている。「チュッ、チュッ、チュッ」。なんと子犬は、ロージーのおっぱいを吸っているのである！

ハナさんはびっくりした。しかしすぐに、ロージーは子どもを産んだことがないから、お乳は出ないだろう、かわいそうに、そのふりをしているのだ、と考えた。子犬が自分の口を舌でなめまわし、満足した表情でロージーから離れたので、ハナさんはロージーのおっぱいを見てみた。すると……たしかに白いお乳が出ているではないか！

「ロージーちゃん！　あなたはこの子のためにお乳を出してあげたのね！　なんてえらいんでしょう！」

ハナさんが早速このことをモクさんに伝えると、モクさんも感動した。そして二人してロージーを抱き、頬ずりしてほめた。

それからの数日間、ロージーはほんとうによい母親だった。目を細めて子犬にお乳をあげていた。そして、とてもしあわせそうだった。

ある日ハナさんは、何日かぶりの買い物に町に出た。いつものお豆腐屋さんにいくと、入り口のガラス戸に、迷子の犬さがしの紙が貼ってあった。それを読むと、なんとあのあかちゃん犬なのである。ハナさんはすぐ連絡先に電話をした。

丘の一本道を、一台の軽自動車がよろよろと登ってきた。そして近くのマンションに住むおばさんが、あかちゃん犬にそっくりな大きなダックスフンドといっしょに車から降りてきた。

「まあ、よかったわ。うちの犬の子どもです。散歩の途中で見失ってしまって。ほんとうにお世話になりました。ありがとうございました」

おかあさん犬は、突然いなくなった子どもにやっと会えたので、ぺろぺろとからだ中をなめまわして喜んでいる。

それを見たロージーの胸ははりさけそうだった。あぁ、わたしはやっぱりおかあさんではないのだわ。でも、この子とおかあさんはうれしそうだから、これでいいのだわ。そして何日間かでも、わたしは母親になれたのだから、それはすばらしかった。でも、でも……。

車が動き出すと、ロージーはそれを追いかけて、キャーンと鋭い叫び声を上げた。

「いかないで！　わたしのかわいい子！　もどってきて！」

ハナさんの目にも涙が込み上げてきた。それはハナさんの身にも起こったことなのだから……。

モクさんとハナさんは、道の真ん中でじっと動かずに母子を見送るロージーを、代わる代わる、きつくきつく、何度も何度も抱きしめてやった。ミャウも心配そうにぴったりとそばに張りついている。

花飾りとピンク帽

群青《ぐんじょう》色の空に、茜《あかね》色の雲が細くたなびいている。その雲がちぎれると、ちぎれた真ん中から朝日が顔を出す。森中の鳥たちが、夜明けを告げる大合唱をはじめた。その歌声を聞きながら、ハナさんは庭で花摘みをしている。水の入った大きなバケツを三つ置き、庭のあちこちから摘んだ花を手早く投げ入れる。

白いテッポウユリ、ピンクのスカシユリ、黄色いグラジオラス、青や紫色のアジサイ、濃い紅色や薄いピンクのバラ。どれも長い茎だ。それから白い小さな花のドクダミや、細い穂状に咲いている紫色のラベンダーの花、レース編みのような濃い緑色のシダの葉。どのバケツも一杯になると、バケツは大きなバンの荷室《かしつ》スペースに収められた。

「さあさあ、ロージーとミャウの朝ごはんね。それからわたしたちのもね」

ハナさんはいつもより忙しそうに、全員の朝食を手早くととのえた。

「ロージーちゃん、こっちへいらっしゃい。今日はみなさんお待ちかねだから、カッコよくしましょうね」

朝食を終えるか終えないうちに、ロージーはハナさんに呼ばれて洗面所にいった。そしてシャワーをされ、歯を磨かれ、ブラッシングをされると、ハナさんが作った、白と赤紫のクローバーの花輪を、二重にして首に巻かれた。この花輪には、ふんわりとした花弁の、ピンクのヒルサキツキミソウと黄色のキンギョソウも挿されているので、とても華やかだ。それをつけるとロージーは、わくわくしながらも少し緊張する。

ロージーはいつのまにか一〇歳になり、老年期に入っていた。すると態度が落ち着いてきて、歩き方はゆったりとし、あまり吠えなくなり、大きな声を出すことも少なくなった。ロージーが生まれてすぐに、いっしょに暮らしはじめたモクさんもハナさんも、同じように歳をとった。けれどもみんな、健康で元気いっぱいである。

ハナさんの友人に、ホスピスに勤めている看護師さんがいる。その小さな美しいホスピスには、末期ガンの患者さんがゆったりと暮らしている。友人が、ホスピスの患者さんのために、セラピーになる犬を探していると知って、ハナさんは考えた。

「うちのロージーはどうかしら。彼女はとてもいい性格なのよ。おっとりして、やさしくて。歳はとっているけれど、まだとてもかわいいの。きっと患者さんのいいお友だちになれるわ」

そこでロージーは、セラピー犬のための訓練を受けて、ホスピス「虹色の空」を月二回、訪問することになった。

バンの後部座席に、いつもよりおしゃれをしたハナさんと、花輪飾りのロージーが並んで座った。モクさんは運転席でじっと前を向いているが、サングラスをしてハンチング帽をかぶり、やはりいつものモクさんとは違う。今日のモクさんは、薄い板で箱を作る講習会の先生なのだ。そしてハナさんも……。

玄関前に四足を揃えて座っているミャウに、みんなは、

「いってきまーす！　ミャウちゃん、しっかりお留守番していてね」

と口々に叫んだ。ミャウはちょっとさびしげに、

「ミャウウーン《いってらっしゃい》」

と答えた。


海岸線を一時間走り、浜辺からつづく丘を登っていくと、こぢんまりとした野原がある。周囲は薄い林で囲まれ、その真ん中に、時計台のある二階建ての建物が見えている。外壁は横板が張られ、薄い黄色と淡い水色のペンキを塗られている。

「ホスピス虹色の空」と薄紫色で書かれた看板が、丸木の門にかかっている。そこから虹色のタイルの歩道が敷かれ、その両側に植えられた、一本の木のように仕立てられたバラの木が、一メートル置きに玄関までつづいている。広い芝生の前庭には小さな花壇があちこちにあり、そばにベンチが置かれている。

「いらっしゃあーい！　ロージーちゃん、待ってたのよ！」

「あらまあ、きれいな花の首飾り！　ロージーちゃん、とても似合うわよ」

開いていたドアから数人の人びとが走り出てくると、ロージーの頭や背中をなで

た。ロージーは歯を見せて笑うと、おとなしくしっぽを振った、振りつづけた。

ホスピスの広間に、一〇人あまりの人びとが顔を見せた。大きなテーブルが二つあり、その一つに、モクさんは箱作りの材料をひろげた。ハナさんは、もう一つのテーブルにビニールシートと新聞紙をひろげ、摘んできた花々を載せた。さあ、箱作りと挿花《そうか》のワークショップの始まりはじまり。

ワークショップに参加しない人びとは、近くのソファにゆったりと座り、テーブルの作業を熱心に見ている。そうでなければ、ロージーを相手にそれぞれ好きな遊びをしている。

ボールやぬいぐるみでキャッチボール。ロージーを抱いたまま、その背中にただじっと顔をくっつけているおばあさんがいる。歌の好きなおばあさんは、ロージーの前足を握り、歌を歌う。リズムに合わせて自分の顔とロージーの前足を上下に振って、拍子をとる。ロージーはリズムに合わせてしっぽを振る。おじいさんの誘いで、廊下で走りくらべをした。おじいさんに勝たせてあげた。

あるひとりの若い女性がいる。彼女は、レース編みのピンク色の美しい帽子を決して脱いだことがない。両手でロージーの顔をはさみ、じっと眼と眼を見つめ合う。そして、涙をこぼすときがある。あるいは小声で何かをつぶやいて、誰かと話をしている様子だ。看護師さんによると、彼女の余命は長くないと言われているという。

ワークショップが済むと、モクさんとハナさんは参加者の作品それぞれに感想を述べる。そして品評会が終わるとお茶の時間だ。ロージーにも、特別に焼かれた犬用のクッキーが出される。みんながそれぞれの手からロージーの口元に運んでくれるので、ロージーは食べるのに忙しい。お腹もいっぱいだ。

ハナさんは、ロージーの存在が、病を得て沈んでいる人びとの心を明るく浮き立たせていることに、意義を感じている。アニマルセラピーで、動物、とくに人と交流しやすい性質の犬とのふれあいによって、病気の人の心やからだを癒し、病状もある程度改善させることができる。この方法は、通常の医療に加えて、社会への貢献の一つの形に違いない。それにロージーが活躍していることが、モクさんとハナさんの誇りと励みになっているのだ。

「ウワワン《ただいまぁ》」とロージーが言い、「ミャウーン《おかえりーぃ》」とミャウが答える。そして今日のホスピスの様子をロージーはミャウに報告する。

「今日もね、あのレースのピンク帽の人がわたしを抱いて、話してくれたのよ。ずっとひとり暮らしだったその人は、小さなかわいい犬を飼っていたんですって。でも、病気になってあのホスピスに入るので、そのワンちゃんとわかれなくてはならなかったの。

涙をこぼしたので、わたし、ほっぺたをなめてあげたのよ。そしたら、『ありがとう、うれしいわ』って言って、また涙を流すの。だから、またなめてあげたの。飼っていた犬も、いつもなめてくれたんですって」

「そう、よかったね。きみが病気の人たちを慰めてあげることができるのは、とってもいいことだよね。ぼくもいつかいっしょにいこう」

次の「ホスピス虹色の空」訪問日のその日は、柔らかい陽射しがさんさんと降り注ぎ、涼しい風がそよぐ、さわやかな初秋の午後だった。数台の車椅子が、芝生の庭から、明るい林の小径を軽やかにいく。ロージーは看護師さんにリードをもたれて、車椅子の先になり後になり、ゆっくりとついていく。

小鳥たちが枝から枝に飛び移り、美しいさえずりを聞かせている。つやつやと光る緑の葉も、少し黄色に色づいた葉も、鳥の歌声に合わせてサヤサヤとしずかな音を立てる。心を躍らせてリスがするすると木立から降りてくると、枝から枝を伝い、車椅子と一緒に動き回る。

と、突然リスは、先頭の車椅子の真ん前を横切り、別の木に飛び移った。車椅子は一瞬止まろうとしたが、つまずいたように前につんのめった。そばにいたロージーはとっさに車椅子の車輪の下にもぐり込んだ。車椅子はロージーの背中に乗り上げ、倒れずにすんだ。車椅子の人には何事もなく、みんな、ほっと安堵した。

付き添いの人びとは、アブナーイ！　と悲鳴を上げながらロージーにかけよって彼女を救い出した。そして小径の草の上に横たわっているロージーを取り巻いて、勇敢で適切な行動を口々に誉めたたえ、感謝のことばをかけた。

「ロージーちゃん、ありがとう！」

「ロージーちゃん、おりこうね」

「ロージーちゃん、立派だったわ」

しかしロージーは立ち上がれなかった。背中を強く打ってしまったのだ。声にならない声で泣き、ハーハーと息をやっとつき、あえいでいる。

モクさんとハナさんは、ロージーをバンに乗せ、急いで獣医さんへ連れていった。こうしてしばらくの間、ロージーは動けずにベッドの上で過ごすことになった。

「ピンク帽の人は、どうしているかしら。また泣いているかしら。ほっぺたをなめて、涙をふいてあげたいわ」

寝ている間にも、ロージーはホスピスの人びとのことを思いやっていた。そして、ピンク帽の人が、ひとり言のように言っていたことが忘れられなかった。

「わたしのワンちゃんが預けられた家の人に電話をして、もう一度だけワンちゃんに会いたい、とたのんだの。そうしたら、『わたしのあかちゃんが生まれたので、ワンちゃんの世話ができなくなって、別の家族にあげました』って言われたの。もう、わたしのワンちゃんには会えないの。とてもかなしいわ」

ロージーはまた、彼女の頬をなめて涙をぬぐってあげたのだった。

ロージーは一日も早く、ピンク帽の人に会いにゆきたいと願っていたが、それはついにかなうことはなかった。彼女は亡くなってしまったのだ。いつもかぶっていたピンク帽をロージーに遺《のこ》して。

ロージー自身も、歳を重ね、からだが利かなくなってしまった。目も耳も悪くなり嗅覚もおとろえた。だが、ピンク帽の人が流した涙の味と、彼女に抱かれると胸のあたりからただよってきたラベンダーの香りは、しっかりと覚えている。

お願い、お月さま

家の中から、モクさんがロージーを横抱きにして出てくると、そっと道端に降ろした。ロージーは一歩ずつ足を踏み出して、いつもの散歩道をこわごわと歩いていく。

怪我をし、そして年老いたロージーのからだはしだいにおとろえてきた。目や耳が悪くなった。足が弱り、歩くのもおぼつかない。それでも彼女は、毎日の散歩をとても楽しみにしているのだ。

ロージーの足のじゃまにならないように、モクさんは道に生えているツンととがった草を踏みつける。ロージーはそっとその上に足を乗せる。

モクさんは、ロージーの横にぴったりとついて、彼女の足元をじっと見つめたままいっしょに歩く。ロージーがよろけると、さっと手を伸ばしてからだを支えてやる。

ホオジロは、ロージーを飛び越して前のほうの木に止まり、ロージーがそこまでくるのを待っている。

「あっ、ロージーさん、そこに石があるから気をつけて！」

ホオジロが呼びかけるのと同時に、モクさんがその石を足で蹴った。

ロージーのからだ中に腫れものができているので、ハナさんは毎日その手当てを欠かさない。傷口に薬を塗り、包帯を巻く。それはつらい日課である。

「ロージーちゃん、こんなになっちゃって、ごめんなさいね。でもきっといまになおるからね」

ハナさんの顔は涙でぐしゃぐしゃになる。それでもハナさんはうれしいのだ、愛する娘の世話ができるから。いつかのように……。

こんなロージーでも食欲は旺盛。ごはんやおやつをたくさん食べ、水をたくさん飲み、もちろん薬も呑まなくてはならない。けれどもその薬もだんだん効かなくなった。モクさんもハナさんも、もしかしたら、ロージーの死は近いかもしれない、と案じている。

暑い夏をロージーはどうやら無事に過ごし、秋の涼しい気候を楽しむようになった。だが、体重は元気な頃の半分になり、背中の骨の形が見えるほどやせた。それでも相変わらず散歩は好きだ。

冬がはじまる頃から、ロージーはついにひとりでは動けなくなった。モクさんやハナさんが手を貸して、やっと少しずつ歩けるのである。それでも、ときおりワンワンと吠えもするし、ごはんもよく食べる。

やがてロージーは、力をふりしぼってひとりで外にいくようになった。そして、うろうろとその辺を歩き回る。

「どうしたのかしら、変ねぇ」

と、ハナさんは首をかしげる。モクさんは、

「もしかしたら死ぬ場所をさがしているのかもしれないな」

と、心配そうに言う。よく、犬は自分で死に場所をさがす、と言われるのだ。ロージーは一軒家の敷地内を自由に歩けるので、もしかしたら……、とモクさんは覚悟している。

ある日、ぐったりしているロージーを、モクさんとハナさんが朝から交替で抱いていた。

夕暮れ頃、ロージーは「ヒーィ」と叫び声を上げ、大きく口を開けた。そして心臓が止まり、目を閉じ、動かなくなった。モクさんとハナさんは大泣きに泣いた。

二人の号泣は、カキの枯れ木に止まっていたホオジロ夫妻にも聞こえた。ホオジロがガラス戸から中をのぞくと、モクさんとハナさんが、いっしょにロージーを抱いて泣いている。そばでミャウも泣いている。ホオジロも激しく泣いた。チチッチチッツーツー、チチッチチッツーツー！　その鋭い声は森の奥まで届いた。

仲間が次々に集まってきた。ウサギ、リス、タヌキ、福朗爺、ヒヨドリ、キツツキ。みんなの泣き声は、太陽が沈み、降りてきた夕闇の中にただよっていた。それはしだいに広がって、冷たい丘全体を包んだ。

ホオジロの夫は、一生懸命に飛んでいる。紺色の氷のような空に浮かんでいる真ん丸い月をめざして、遠い遠い空の果てへ、たったひとりで飛んでいる。とても恐ろしかったけれど、月に願うことばを、心の中でなんどもなんども唱えていると、こわさを感じないのだった。

どのくらいの時間がたったかわからない。ようやく、目が開けられないほど輝いている月に近づくことができた。ホオジロは、ありったけの息を吐いて大声を出し、力の限りを尽くして月に呼びかけた。

「お月さま、お月さま、お願いがあります。この真下の丘の家で、犬のロージーちゃんがさっき、突然亡くなってしまいました。おとうさんとおかあさんはとても悲しんでいます。わたしは慰めてあげたいのです。お花を贈りたいのですが、今、野の花は何も咲いていません。どうかあなたのお力で、花を咲かせていただきたいのです」

何回も練習したこのことばを、ホオジロは息もつがずに言いきった。そして耳をすまして、月の返事を待った。じっとじっと待った。でも何も聞こえない。そこでもう一度、はじめから同じことを言った。けれど答えは返ってこない。そしてまた願いのことばを叫んで返事を待った。何時間も待った。やはり月からはなんの返事もないのだった。

広げた羽を振るわせたまま、ホオジロは寒さと疲れに耐えながら待ちつづけた。月の顔をじっと見つめながら。

そして、今ようやく気がついた。月は笑顔を上下に振って、うなずいている！そうなのだ、月は「わかりましたよ。なんとかやってみましょう」と言ってくれているのである。ホオジロは、今にも消え入りそうな声で、

「ありがとうございます。どうぞよろしくお願いします」

と言ったとたん、力尽きて墜落してしまった。

翌朝早く、モクさんとハナさんは、いつもの元気なロージーの声を聞いたような気がして、庭に出た。すると、丘全体が初雪でうっすらとおおわれていた。

その上、ロージーを埋《うず》めたお墓を中心にして、あたり一面に野菊の花が咲きみだれ、天の川のような銀色を輝かせているではないか！

「まあ、すてき！　わたしたちの大好きな野菊がこんなにたくさん！　とてもきれいだわ。ロージーちゃん、あなたも見ているわよね⁉」

「お見舞いの花だね。うれしいね」

「でもどうしたのかしら？　ロージーが亡くなったとたん、こんなにたくさんの野菊が咲くなんて。しかも真冬なのに……」

「ぼくたちを慰める花を贈ってくれたのは、いったい誰だろう？」

実はこの野菊は、月のまわりにあったたくさんの星のかけらである。月は星ぼしに、こうたのんだのだった。

「ホオジロさんの願いをかなえて、悲しんでいるモクさんとハナさんとロージーさんをお悔やみしましょう。どうかあなたがたのかけらを地上に降り注いでください。これからわたしが光をサーッと放ちますから、それに合わせて、みなさんいっせいに星屑を落としてください。わたしが魔法をかけて、野菊に変えます」

気を失っていたホオジロは、何かがやさしくからだに触れたので意識を取り戻した。そこは丘の上のロージーの庭だった。目を開けると、まぶしい光で射られた。そこには真っ白な野菊が、見渡す限り一面に咲きみだれていたのである。

「あぁ、お月さま、ほんとうにありがとうございました。モクさんとハナさんの大好きな野菊が、こんなにたくさん咲きました。ロージーさんのよい供養になりました」

月は、心やさしく勇敢なホオジロの願いを、ちゃんとかなえたのである。

2部　奇跡

天使がきた

愛しいロージーが亡くなってから、一年が過ぎた。モクさんとハナさんは毎日、ピンク帽をかぶり花の首飾りをつけたロージーの写真に向かい、話しかけている。今もまだ、ロージーといっしょに暮らしているのだ。

そんなある日のこと、丘の家に一つの奇跡がおきた。

秋のある晩、満々とした月が出ているので、モクさんとハナさんはお月見をしてロージーをしのぼうと、外に出ようとした。玄関のドアを内側に開いて足を一歩踏み出すと、その足下に何かがいる。

目をこらしてよく見ると、それは小さな犬だった。こちらを向き、四足をきちんと揃えて座っている。光る二つの瞳が真っ直ぐに二人を見つめている。二人が出てくるのを待ちかねていたのだろうか。玄関ポーチのすべすべした五色のタイルが月光に輝いて、小犬は天に浮かんで見えた。

驚いたモクさんとハナさんは、高鳴る胸をおさえると、犬をこわがらせないように、ひそひそ声で話した。

「こんな小さな犬が、どうしてここにいるのだろう……」

「いったい誰が連れてきたのかしら？」

あたりを見回したが、誰もいず、しんと静まりかえり、聞こえているのは月光の降る音だけだ。

「天使だわ、そうよ、きっと天使よ！」

ハナさんは押し殺した声で言うと、思いきって小犬をそっと抱きあげた。犬は驚きもせず、声も立てず、表情も変えず、おっとりとおだやかなままでハナさんの胸の中にいる。まるで生まれたばかりのあかんぼうのように……。ずっと前からそうしていたかのように……。

「きっとロージーの生まれかわりね」

小犬のからだ全体に、グレーの巻き毛がむくむくと波打っている。焦げ茶色をした耳が三角形にピンと立ち、額《ひたい》、両側の頬、鼻と口のまわりの毛がふさふさとして、顔全体をふんわりと包んでいる。大きな二つの目と丸い鼻が黒々とぬれている。しっぽはほんの五センチほどしかなく、それは毛糸でくるんだピンポン玉をくっつけたみたいだ。体長四〇センチ、背丈三〇センチ、体重四キロのこの犬の種類は、ヨークシャーテリアである。

「ゴウホウ、ゴウホウ、ゴウホウ」

モクさんとハナさんの興奮がおさまるのを待って、低い声が発せられた。

「あら、福朗爺《ふくろうじい》さん、こんばんは」

福朗爺が、玄関のそばのポプラの木に止まっている。目を大きく開いた福朗爺は、モクさんとハナさんと小犬を見ると、おだやかに応じた。

「はい、こんばんは。よかったね。この犬がここにきて、わしはうれしいよ」

「わたしたちも、とってもうれしいわ。ね、かわいいでしょう。まるで天使ね」

その晩、小犬は自らハナさんのベッドの上にピョンと跳び乗ると、すぐに深い眠りに落ちた。

ハナさんは、小犬は女の子かと思ったけれど、女の子だといいと願ったけれど、男の子だった。小犬があまりに小さくてかわいいので、その意味のフランス語「プティ」から、「プッチー」と名づけた。

プッチーはめったに吠えず、おとなしくて、さながら動くぬいぐるみというところ。家の中ではハナさんやモクさんやミャウの後をちょこちょこ追いかけて遊び、疲れるとソファの上で、ミャウといっしょに休む。抱かれるのが大好きで、抱かれたくなると、二人のすねをひっかいて催促し、抱かれるとすぐに膝の上で丸くなる。ひと眠りすると外に出て、ひとりで丘に沿った段々の庭や、細い農道をぶらぶらと散歩する。何かを見つけると猛スピードで追いかけまわす。

モクさんもハナさんも、すっかりこの新しいわが子に魂を奪われてしまった。だが、毎日ロージーの写真に向かい、語りかけることを決して欠かしはしない。その晩も、プッチーのことを報告した。

「ゴウホウ、ゴウホウ、ゴウホウ」

福朗爺が今夜もポプラの木にやってきた。ハナさんはそのとき、月を真ん中にした星空を見るために、ガーデンチェアに座っていた。月の中に、ロージーの――そして、もう一つの――顔があらわれていた。

膝の上にはプッチーが丸くなっている。ふとハナさんは、この賢者のようなフクロウなら、プッチーについて何かを知っているのではないかと思い、たずねた。

「福朗爺さん、こんばんは。ちょっと聞きたいのだけれど、あなたはプッチーがどうしてここにきたか、知りませんか」

「あぁ、少しだけわかっておる」

あっさりと答えた福朗爺は、ゆったりとした口調でぽつりぽつりと語りはじめた。

「プッチーは、もともとこの町の生まれじゃよ。五年前、よちよち歩きの頃、近くに住むひとりの女性に飼われたのじゃ。そして、愛情深く育てられたんだな。だがな、二年後、彼女は病気になって、あとわずかの命となってしまったのじゃよ。

そこで小さなプッチーは――そのときの名前はわからんがね――、よその家にもらわれていったのじゃ。

その家では、まもなくあかんぼうが生まれた。すると、プッチーはまたもや別の家に引き取られねばならんかったのじゃ。その頃に最初の飼い主の女性は亡くなった。

別の家には二匹の大きな犬たちがいて、プッチーはいじめられてしまったのじゃ。それでまた別の家族に移された。そこではとても可愛がられていたのじゃ」

そこまで言うと、福朗爺は大きな溜め息をついた。つかの間沈黙したあとで、思いきったように話をつづけた。

「ところがな、先日の午後、一家揃って、プッチーもいっしょにドライブにいったんだがな。かわいそうになぁ、飲酒運転だった車の事故に巻き込まれてしまったのじゃよ」

小犬は後ろの荷物置き場に座っていて無事だった。どうにか車から抜け出すと、救急車の後を追って走りつづけた。細い小さな四本の足で力の限りに。けれども途中で力尽き果てて、道端に座りこんでしまった。

ぐったりしていた小犬がふと気づくと、満月から射す月光が、すぐ脇からつづく上り坂の細い農道を照らしていた。小犬は何かに引っ張られるように、その道をとことこと登っていった。すると、小さな家があった。真正面に玄関があって、大きなガラス張りのドアがついている。ガラスから外に、ぼうっと黄色い電球の光が流れていて、奥からやさしい笑い声が聞こえてきた。

「ゴウホウ、ゴウホウ、ゴウホウ」

近くのポプラの木にいた福朗爺が小犬に呼びかけた。

「やぁ、こんばんは。きみはひとりぼっちかね。それならこのうちの子になればいいよ。このうちには子どもがいないのじゃ。きみならきっと歓迎してくれるよ」

小犬は、これを聞いて急に力を取り戻し、人が出てくるのをじっと待った。行儀よく四足をきっちりと揃えて。

「そうだったの。プッチーは四軒もの家を次から次へと替わらなければならなかったのね、かわいそうに。どんなに不安だったでしょうね。プッチー、もうだいじょうぶよ。あなたは、かあさんととうさんの子どもなのよ。絶対にあなたを放さないわ。ずっとずうっとね」

ハナさんは、膝の上にいたプッチーを胸に抱くと、あかんぼうをあやすように頭をなで、頬ずりした。そしてなぜか、二つの目から熱い涙を流している。プッチーはその頬を、長いピンクのリボンのような舌でペロペロとなめまわして涙をぬぐった。やがて目をつぶり、おだやかな寝息を立てた。

プッチーがめでたく、この家の新しい子どもとなったことに安心した福朗爺は、プッチーといっしょに、うっかり目を閉じてしまった。

ハナさんはしかし、心中おだやかではなかった。

犬や猫などが、玩具のように扱われ、飼われている。飽きたり、都合が悪くなったりすると、いとも簡単に棄て、他人に譲る飼い主がいる。事情により仕方のない

場合もあるけれど、年間何十万何千匹ものペットが遺棄され、「動物愛護センター」に託され、殺処分されるという事実が、飼い主の——あるいは一部のブリーダーやペットショップの——モラルの無さをうらづけているではないか。

亡くなったロージーにしても、もともとは、たまたま村はずれの農家で生まれ、処分されそうになっていたところを、ハナさんが救い出したのだった。

ペットは玩具——生命体ではないモノ——扱いされがちだが、ペットも命ある存在であり、「飼う」ということは家族の一員として共に暮らし、生きていくことなのだ。いっしょに暮らせなくなったら、最善の努力をして新たな家族に託さなければならない。しかしプッチーは、五年間で四回も、「都合の悪い」家庭から家庭へと、転々としなければならなかったのだ。

それからまた、尊い命を突然奪う飲酒運転の横行に、ハナさんは怒りをおぼえる。幼い子どもたち、若い人びと、どれほどの命が無謀な飲酒運転によってもぎとられ、輝かしい人生を、未来を奪われてしまっただろう。ハナさんは、こうして生命を奪われた人びとを悲しみの中でしのんだ。

「プッチー、あなたはどんなに心細かったでしょうね」

ハナさんは眠っているプッチーをもう一度強く抱きしめた。数々の逆境を乗りこえてきた、この小さなからだを。

「おやおや、あなたはまだここにいたのじゃな」

いつもどおり見張りの目をぱっちりと開けた福朗爺が、ハナさんに呼びかけた。はっと身を起こしたハナさんは、

「おやすみなさい」

と小声で言って、腕の中で眠っているプッチーを起こさないよう、そっと玄関の中に消えた。

あなたのままで

夏の間、ハナさんはプッチーのシャンプーと散髪とブラッシングに、せっせと励む。暑さのせいだけでなく、プッチーには妙な癖があり、一日一回、かならずひとりで外に出て、からだをドロドロに汚して帰ってくるからだ。

ある日ハナさんは、プッチーのからだを暑苦しくおおう、灰色の巻き毛を短く刈りこんでやった。すっかりさっぱりして、とても涼しそうだ。

「あら、なんだか、ウサギさんみたいになったわねぇ」

ハナさんはクスリと笑いながら言った。それを聞いたプッチーは、あることを思いついた。

ふだんはあまり吠えもせず、おねだりには「フンフン」とか細い声を上げるだけのプッチーだが、その日は夜になると、ガラス戸の外に向かって「ウウーッ。ゴロゴロッ」と腹の底から響く声を出して、家中にとどろかせたのである。

「プッチー、外に誰かいるの？　タヌキさんかな？　ウサギくんかな？　それならあなたのお友だちよ。吠えなくてもいいのよ」

ハナさんはプッチーの頭をなでながら言い聞かせるのだが、それを無視してプッチーは吠えつづけた。根負けしたハナさんは、戸を一〇センチほど開けてやった。するとプッチーは脱兎のごとく飛び出して、暗い闇の中に消えた。首輪につけた三つの小さな鈴が、勝ちほこって鳴っている。

「ウワンウワンウワン！」一分もかからずに丘の下にある森についたプッチーは、大きく吠えた。それを合図に、ウサギが森の出入り口にあらわれた。

「やぁ、プッチー、いらっしゃい。待っていたよ。今夜は何をして遊ぼうか」

「リスちゃんに紹介してよ」

「あぁ、いいよ。じゃあぼくについてこいよ」

二匹の友だちは連れだって森の奥へ進む。この森には何年も猟師が入ったことはなく、動物をとらえるワナももうなくなっている。いつかモクさんが薪にする間伐材《かんばつざい》をさがすときに、森の中をくまなく調べて、残っていたワナをぜんぶ取りのぞいたのだ。それで今は、ワナで足を一つ失ったタヌキをはじめ、この森にすむ動物たちは安心して暮らしている。

地面を這うツタや、やわらかいコケや、ひんやりしたシダの上を走り、太い幹をしたマテバシイの根元に着くと、ウサギは上に向かって呼びかけた。心なしか、やさしい口調に変わっている。

「リスちゃん、リスちゃん、こんばんは。友だちのプッチーが、きみに会いたがっているよ」

「あぁ、ウサギさん、こんばんは。プッチーって、あのうちにいる犬でしょう? あたし、犬はこわくていやなの。いつか猟犬におそわれそうになったのよ。でも、ロージーとはよいお友だちだったわ。亡くなってしまってさびしいわ」

「それは、かわいそうだったね。でも、プッチーは犬じゃないよ。ぼくと同じウサギだよ。とってもやさしいんだ」

「ウサギさんの仲間なのね、じゃあ今いくわ」

リスがするすると降りてきた。

「あらっ、ほんとうだわ。ウサギさんだわ」

そこにリスが見たのは、たしかに、友だちのウサギと同じくらいの大きさのウサギだった。耳は茶色でウサギにしてはちょっと短いけれど、ピンと立っている。眼の色もウサギの黒目と同じだ。でも、ウサギのつり上がった形の眼とは違って丸い。しっぽは同じように真ん丸だ。からだの灰色の毛はウサギの毛に似ている。口もとにはピンクの舌が一センチほど出ていて、歯はウサギほど長くないけれど、鋭い。

「ぼく、プッチー。よろしく。これ、おみやげです」

プッチーは庭のクルミの木の下で拾った、まだ青い実を差し出した。

「ありがとう。あたしはリスよ」

「知っているよ。ときどきぼくのうちの庭にいるもの。ぼくは二階から見ているんだよ」

「あらっ、やっぱり、あのおうちの犬じゃない」

「うん、でも今はウサギのプッチーさ」

「変なの」

「見てよ、ぼくの毛。ウサギくんと同じだろ。かあさんに短く刈ってもらったんだ」

「それでウサギになったのね。まあいいわ。じゃあ、ウサギさんと同じくらいの速さで走れるかしら？　あなたたち、競争してみて」

そこで二匹のウサギは、森を出て、小さな丸い田んぼの畔道《あぜみち》を走り、再び森の入り口に戻ることにした。ただし、同じ道をいっしょに走るのではなく、それぞれ反対方向へ走る、と決めた。

木の洞穴で寝ていたキッツキと、森の巣で眠っていたヒヨドリと、ヤマボウシに止まっていたホオジロと、クヌギの枝の上で目をランランと光らせていた福朗爺がやってきて、そばにある木の上に止まっていっしょになかよく見物だ。

丘の家の生ゴミを食べにやってきたタヌキも、このレースのことを知って応援に参加した。

「ようい！　ドン！」

リスは思いきり大きな声で合図した。二匹は走り出した。二匹とも速い、速い！

上弦の月がそれを見ていて、今にも満月になりそうになった。ウサギが月のところまで走ってきて、「お餅つきをしたい」と言うかもしれないと思ったからだ。

ススキの長い葉は風もないのにゆらゆらと揺れ、垂れていた稲の穂も立ち上がり、その中に潜んで寝ていた虫たちも起きて、ガチャガチャ、クックツ、ミーミー、ゲッゲッ、ジンジンと騒がしい音を立てて、両方を応援している。

その音が耳に入らないくらい速く、二匹は走っていき、コースの真ん中ですれちがった。

リスはプッチーにもらったクルミを両手の中で転がしながら、胸をどきどきさせている。

そうだ、勝った方にごほうびをあげなくては、とリスは考え、そばに咲いているツキミソウとオシロイバナとホタルブクロを摘んで花束にした。念のため、二つ作った。

おや、二匹とももう、森のすぐ近くの畔道を走っている。さあ、どちらが先にゴールインするだろう。

リスは、コナラの木の根元から生え、幹にからまっているキヅタのツルをほぐし、その先を手にもってゴールテープにした。テープは、このレースのために、力をふりしぼって光を放つ、月の明かりに照らし出されてはっきりと見える。

キヅタをもつリスの手はぶるぶるとふるえている。心臓は今にも止まりそうだ。もう二匹を見ることはできず、リスは目を閉じてしまった。

突然ツタが切れた。

「やったあ!」

同じことばが、ウサギとプッチーから同時に飛び出た。なんと二匹は同時にゴールインしたのだ。勝ち負けなしだ。

「プッチー、きみは速いねぇ。ぼくと同じ速さで走れるなんて、きみはやっぱりウサギだよ」

「いやぁ、必死で走ったのさ。リスちゃんに嫌われる犬じゃいやだから」

「プッチー、ごめんなさい。こんなに一生懸命走ってくれたのは、あたしのためなのね。あなたが犬でも、あたしもうこわくないわ。だから、あなたはウサギのふりなんかしないで、犬のままでいていいのよ」

「そうかい。ぼくは、ぼくのままでいいんだね。じゃあ、明日からは犬のプッチーのままで遊びにくるね」

「そうだよ、そうだよ。プッチーはウサギより犬のほうが似合ってるよ」

キツツキとヒヨドリとホオジロと福朗爺が、クチバシをそろえて言った。タヌキはお腹をポンポンと打って賛成した。


森の友だちとわかれたプッチーは、灰色がかった紺色の空に、ぴたりとはまっている北極星を見つめながら、ひとりとぼとぼと家に向かって歩いていた。すると、以前いっしょにいた家族のことが頭に浮かんできた。

ぼくがよちよち歩きの頃の、若くてきれいなおかあさんは、とてもやさしかった。

でも、よく泣いていたなぁ。ぼくはいつも、ほっぺたの涙をなめてふいてあげたっけ。ぼくとわかれる頃にはレース編みのピンク色の帽子をかぶっていて、とてもよく似合っていたなぁ。

次の家のお腹の大きなおかあさんも、いたずら好きだったぼくを叱らないで、とてもかわいがってくれた。今はあかちゃんを抱いているだろう。

その次の家には、大きなシェパードとブルドッグの二匹の雄犬がいた。ずいぶん歳をとっていたようだ。彼らはお腹の出っ張ったおとうさんの両側にはりついていて、おとうさんの命令にはどんなことにも従っていた。

ぼくは遊んでもらいたかったけれど――ちょっとこわかったけれど――、ぜんぜん相手にしてくれなかった。それどころか、ぼくは嫌われているようで、そばにいくと、ウーウーうなっておどかされ、噛みつかれていじめられた。そしていつも追い払われてしまったんだ。

おかあさんは忙しそうで、おにいさんとおねえさんも勉強ばかりしていて、ぼくにはあまり興味なさそうだった。ぼくには遊び相手が、家族がいなかった。とてもさびしかった。

そして最後のあのすてきな家族。両親と小さいにいさんと妹。ぼくを弟にしてくれた。みんな車が大好きで、お弁当やパラソルを積んで、よくピクニックにいったっけ。山のふもとの原っぱや、大きな海の前の浜辺へ。

あぁ、あの事故！　恐ろしくて思い出したくもない。

でも今は、今夜は、このぼくを好きになってくれる友だちがいる！　そして、ぼくを愛してくれるとうさんとかあさんも。


「プッチー、どこぉ？　もう帰ってらっしゃあーい！」

遠くからかあさんの呼び声が聞こえてきた。

プッチーは丘の上の明かりを目指して歩いたが、のろのろと歩き、あっちこっち寄り道をして、わざと時間をかけている。いやだなぁ、うちに帰るとまたかあさんに抱きかかえられて、泥足を洗われるんだ。でも我慢しよう。明日の夜もまた、ウサギやリスやタヌキと遊びたいもの。

「あなたが犬でもあたしもうこわくないわ。犬のままでいていいのよ」

リスのこのことばを思い返してプッチーはうれしくなり、外で待っていたかあさんの差し出している両腕の中に、ぶつかるように跳び込んでいった。

花のカーペット

春らんまん。緑の丘の庭に、美しい花柄のふかふかしたカーペットが、ふわりと敷かれた。紫色のスミレ、黄色いタンポポ、青いオオイヌノフグリ、紅色のホトケノザがきっちりと織り込まれている。

それは魔法の絨毯《じゅうたん》。秋になると色は褪《あ》せて、いつの間にか消えてしまう。でも不思議なことに、春になるとまた色どりのきれいなカーペットがあらわれる。そして毎春、カーペットは少しずつ四方に広がっていく。

四つの花の咲く広さや量が、年によってそれぞれ違うこともある。紫色のスミレが少なくタンポポが多いときもあれば、オオイヌノフグリがほとんどで、ホトケノザが少ないときもある。その違いは、巡ってくる春の楽しみでもある。今年はどの花がいちばんたくさん咲くだろう？

　ある昼下がり、プッチーがひとり、カーペットの中にもぐりこんで、うとうとと居眠りをしていた。小さなプッチーが横になると、高さは一〇センチくらいにしかならない。からだは草花にほとんどおおわれてしまっている。

　そんなプッチーを、タンポポに止まっていたモンシロチョウが、めざとく見つけた。

「あそこに、おもしろそうなものがいるわ」

　モンシロチョウはすぐに飛んできて、プッチーの鼻に止まった。「クシャン」とプッチーがくしゃみをしたので、モンシロチョウは吹き飛ばされそうになり、あわててタンポポのところに舞い戻った。

　それを見ていたタンポポは「ハッハッハ」と笑った。笑ったひょうしに、となりの茎についていた、丸いワタゲ（綿毛）をいっせいに吹き飛ばしてしまった。ちりぢりばらばらになったワタゲたちは、風に乗ってあちらこちらに流れていき、どこかに消えてしまった。

「ワタゲちゃんたち、さようならぁ、元気でねぇ」

と、タンポポは笑いながら見送った。


プッチーはうららかな春風に吹かれて、まだうつらうつらしている。そのうちに夢を見た。ワタゲといっしょに空を飛んでいるのだ。ワタゲについている種にプッチーはつかまっている。ワタゲはまるでヘリコプターだ。

丘の上の家が、見る間に小さくなった。真下には、無数に散らばる森や野原や、四角や丸の何枚もの田んぼが、パノラマのように広がっている。

「すごいなぁ、きれいだなぁ!」

と見入っていると、ずっと下のほうでホオジロが子どもたちといっしょに飛んでいる。

「おおい、ホオジロさーん! ぼくだよ、プッチーだよ、わかるかあーい!」

ホオジロは気づかない。

あそこを走っているのはまちがいなくリスだ。豆粒みたいだけれど絶対にそうだ。

「おおい、リスちゃーん！　ぼくだよ、プッチーだよ、わかるかあーい！」

そう叫んだけれど、その豆粒はすぐに視界から消えた。

突然ガラスのように光る大きな湖が見えてきた。プッチーは、ここに落ちたらどうしよう、と不安になった。

「ワタゲさーん、どこまでいくのぉ？　ぼく、もう帰りたいなぁ」

「プッチー、空の散歩を楽しんだかい？　それじゃあ、そろそろ帰るとしようか」

ヘリコプターは急旋回をすると、あっという間に丘の庭に降りていた。そして、ワタゲはカーペットの端の、地面の上に落ちた。

「プッチー、じゃあ元気でね。ぼくはここにずっといて、来年、タンポポの花をここに咲かせるよ。そうしてまたきみに会えるよ」

「ありがとう、とっても楽しかったよ。ワタゲさん、ゆっくりお休み。来年また会おうね」

「あら、ワタゲさん、こんなところに寝ちゃって、困るわ。そこはわたしの子どもたちが眠るところよ」

透きとおった声がした。プッチーは、はっと目を覚ました。スミレだった。カーペットの端を、たくさんのスミレが縁取っている。濃い紫色のスミレ、薄い紫色のタチツボスミレ、明るい青色のニオイスミレなどが群れ咲き、ほのかに甘い香りが立ちのぼっている。

プッチーはうっとりしてスミレを見つめた。すっと立った優雅な姿、ややうつむいて恥じらいをふくんだ表情、笑みをたたえた顔。「美しいなぁ」とプッチーは心の底から思った。そして、こんなにきれいなカーペットで眠れることを感謝した。ところが、スミレはワタゲに怒っているようなのである。スミレもやがて実になる。その実が三つに割れると、中からたくさんの種がはじけ出る。その子どもたちは、飛び降りた地面からまた芽を出し、次の春には花を咲かせるのだ。

スミレは種の落ちる場所を、自分のいるすぐそばにしたかったのである。ところがワタゲが先に、その場所に落ちてしまったというわけだ。

「お願い、ワタゲさん。もう少しあちらのほうにいってくれないかしら。わたしはそこに種を落としたいの。そうすれば、わたしたちスミレの家族は、みんないっしょにいられますから。ワタゲさんだって、あなたの家族といっしょのところのほうがいいでしょう」

スミレはこう訴えた。

「やぁ、スミレさん、これはうっかりした。こんど風が吹いたら、このヘリコプターで別のところに移りますから、ちょっと待っていてくださいね」

「ありがとう、ワタゲさん。わがまま言ってごめんなさいね。どうぞごゆっくりお休みになってて」

モンシロチョウがまた散歩にやってきた。そこでワタゲは声をかけた。

「モンシロチョウさん、お願いだ。その羽を振るわせて、ぼくをタンポポたちのそばに飛ばしてくれませんか」

「ええ、いいわよ」

言うやいなやモンシロチョウは羽を振るわせて空気を送り、ヘリコプターが宙に浮かぶようにしてやった。すると春風がさっと吹いてきて、ワタゲを向こう側の夕

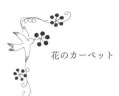

ンポポたちのところに運んだ。

スミレは、みんなに向かってお礼を言った。

「モンシロチョウさんも、ワタゲさんも、風さんも、みなさんありがとう。これで来年は、もっとたくさんのスミレが咲くことでしょう。もっとたくさんの、タンポポもオオイヌノフグリもホトケノザも咲くでしょう。そして、もっともっとたくさんになったら、みんなで混ざり合って、なかよくしてゆきましょうね」

やがて秋が終わる頃、庭の草花はすべて、大地の下にその命を埋《うず》めた。

翌年の春の庭は、それはそれは美しくなった。野の草花たちがゆずり合い、それぞれの家族を同じ場所で増やしたので、大地のキャンバスに描いた、厚塗りの絵のような色合いになった。黄色、桃色、青、緑、紫、白、豊かな色どりだ。

モクさんとハナさん、プッチーとミャウが庭に出てきた。そしてみんないっしょにカーペットに寝ころんで、花たちの挨拶を聞いていた。

「タンポポさん、ワタゲさん、お元気？」

「あぁ、スミレさん、今年も美しいですねぇ」

たくさんのチョウやハチや鳥がその上を、ゆっくりといったりきたりしている。どこからか、ホオジロの歌声が流れてきた。

うとうととまどろんでいるみんなには、夢を見ているように思えた。夢でも現《うつつ》でも、毎年春になると、それは繰り返される。そしてやがてひとりずつ、夢から眠りから決して覚めず、美しい夢の中へと消えてゆくのだ。花のカーペットにくるまれて、あたたかい大地の奥へと、原初の自然の中へと……。

サクラの桜の木

丘の庭に植わっている大きな桜の木が満開になった。菫《すみれ》色の空を、薄紅色の花の雲がおおっている。その下で、モクさんとハナさん、プッチーとミャウ、そしてホオジロやウサギやタヌキやリスたち、仲間が集まってお花見をしている。

あぁ、もうひとり大切なお客がいる。崖の上の古い家に住んでいるおばあさんだ。ハナさんはおばあさんの看病に心を尽くした。そしておばあさんの病気は治り、こうしてお花見に招くことができた。おばあさんはもちろんのこと、ハナさんもとてもうれしかった。自分で自分に誓った約束を果たすことができたから。

モクさんも大喜びだ。丸太にされたおばあさんの桜の木で、いくつかの美しいものを作ることができたのだ。丸太は魔法のように次々と品物に変えられた。

おばあさんの最愛の夫の写真を飾る額縁。記念の品々をしまっておく小箱。お箸とお椀。薄くて軽い、もちやすいお盆。電気スタンド。大きさも高さもちょうどいいテーブル。座り心地のいい椅子。おばあさんは今や、亡くなった人と、その分身の桜の木といっしょに元気で生きている。

食べ物用のカゴの中に、美しいくだものや木の実や野菜、そして犬用猫用のクッキーが、ぎっしりとつめられている。その中から、みんなそれぞれ、自分の好きなものを取り出して食べている。庭で摘んだ、香りのよい草のお茶（ハーブティー）の湯気が、春風に溶けていった。

東風が吹いて花びらがひらひらと舞い降り、みんなのからだにまといついた。モクさんとハナさんにとってそれは、あの失われた柔らかい髪の毛や、甘い息のように感じられるのだった。

実は、モクさんとハナさんには娘がひとりいた。名前は「サクラ」。ハナさんの大好きな桜にちなんで名づけられた。そして彼女の誕生日に、桜の苗が記念樹として植えられた。

サクラが小さいとき、住んでいた町に大地震と大津波の大災害が起こった。サクラは波といっしょにどこかへいってしまい、家はつぶされ、桜の木も波にえぐり取られて倒れてしまった。

サクラの通っていた小学校は、海辺の町にあった。大津波がきたとき、生徒は全員校庭に出て避難の指示を待っていた。ところが避難する前に津波が襲ってきて、多くの生徒が波にさらわれてしまったのである。

何日か後、帰ってこないサクラを迎えに、ハナさんはようやく小学校へいくことができた。校舎は半分残っていた。瓦礫の中に入ってさがしたが、誰も、何も見つからない。まだ水のしみこんでいる校庭には、生徒の持ち物が一面に散らばり、土の中に浅く埋まって、持ち主の子どもや、親や家族との再会を待ち望んでいた。

校庭の片側から小高い山がつづいている。数本の木々が倒れ、小さな岩がゴロゴロと崩れ落ちている。あの高さまで波が達したのだ。ハナさんはぞっとした。

だがふと考えた。もしかすると生徒の何人かは、この山の向こう側へ逃れたか

もしれない。なぜなら、子どもたちはいつもこの山に登って遊んでいただろうから、海の反対方向に逃げようとすれば、この小山ならスイスイと上がれただろう。その先はわからないが、なんらかの方法でどこかに避難することができたかもしれない。

ハナさんには、サクラはきっといつか戻ってくる、という確信があった。モクさんとハナさんはそれを信じて、長い年月を待った。だが……。

とうとう二人は新しい生活をするために、その町を離れ、生まれ故郷に戻ってきた。そして、この丘の家に越してきたとき、真っ先に植えたのがこの桜だった。サクラの生還の希望と、その希望をずっと棄てないでいるためのシンボルとして。

町が大津波にのみこまれてしまったのは、桜の苗木が小学生のサクラの背の高さを越えた年だった。丘の庭にはサクラの背と同じ高さの苗木を植えつけたのだが、それはあっという間に三メートルから四メートルくらいにまで生長した。そして毎春、やさしい花を咲かせ、あの子のような笑顔を見せてくれるのである。モクさんとハナさんは、この桜の花と見つめあうことで、喜びと慰めを与えられるのだ。桜の木はサクラなのである。

毎年のその日、ちょうど庭の桜の蕾が木全体に吹き出る頃、モクさんとハナさんは、サクラのふるさとの、あの小学校の慰霊碑にお参りにいく。その後で、ボランティアとして、被災地の花壇の手入れをする。震災後に全国から寄せられた花の種を蒔き、球根や苗を植えつけてきたのである。

二人は被災地に植えつける苗木を、庭の木を挿し木して大事に育ててきた。もちろん桜の木も何本かある。

人びとの被災地と被災者へ寄せる思いは、何カ所もの花園や並木となって毎年花咲くのだ。

モクさんとハナさんが数日後に帰宅すると、桜の蕾は待ちかねたように花開いていて、満開の木の下で、お花見の会がもたれる。そのお花見の輪の中に、サクラもいっしょにいることは、モクさんとハナさん以外の誰にもわからなかった。二人は、サクラについて人に話すことはなかったのだ。

たったひとりの娘を失った悲しみとさびしさは心の奥底に埋もれていて、ときおり、とどめようもなく浮かび上がって、二人を包んだ……。

夏の女王は

太陽がめらめらと炎を上げて燃えている。その炎が地上に舞い降りる頃には、熱をもった霧となって、地上全体に振り撒かれる。山にも森にも、海にも川にも、畑にも家々にも、そして小さな丘と庭にも。

庭ではたくさんの花や野菜が、太陽の霧を浴び、それを栄養としてどんどん大きく育っている。いや、ほかに効果的な栄養もある。それは、ロージーが亡くなった後、ハナさんが庭中に撒いた、ロージーの遺灰と遺骨だ。

ヤマボウシや桜、モミの木やハクモクレン、サザンカやキョウチクトウの根のあたりには、ロージーの歯や大切な部分の骨を砕いて埋めた。ロージーはきれいな花となって、今も丘に生きている。

夏の女王は

広い畑が金色に輝いて、ざわざわと楽しげな音を立てている。騒いでいるのはヒマワリたちだ。中でもいちばん大きな花は高さ二メートル、丸い花の直径四、五〇センチもある。舌の形をして先のとがった細い花びらが一周する内側に、筒の形をした小さな花が無数につまっている。

ヒマワリの顔は太陽のように真っ黄色に光り輝いている。誰もがこのヒマワリを見て、驚きの声を上げる。

「なんて大きくてきれいなのだろう！　ヒマワリはやっぱり夏の女王さまね」

それを聞いてヒマワリは自慢顔になった。そしてこれ見よがしに、緑の低い茂みが、しずかに、涼しげに、おとなしく立ち並んでいる自分の根元のあたりを見下ろした。そこには野菜たちが小さな花を咲かせ、実をつけている。

つやつやした緑の株についている、真っ白い六枚のとがった花びらは、大きさが一センチ五ミリほどしかない。茂った葉陰でポッポッと、星のまたたきのように遠慮がちに咲いているので、あまり目立たない。この花がやがて、肌のつるつるした

緑色の、子どもの握りこぶしのようなピーマンになるのだ。

その隣には、紫色をした茎の株がある。その花は葉の陰に隠れて下を向いている。薄紫の六枚の花びらの真ん中で、黄色いおしべが目印のように立っている。三センチほどのこの花もやがて、つやつやと光る濃い紫色のずんぐりとしたナスになる。

ナスの向こうには、少しだけ背の高いトマトの茎が、支柱にからまり寄りかかっている。葉の茂みの間に、二センチほどの小さな黄色い花が、あちこちに開いている。この花から、丸まるとしてどっしりとした、大きな真っ赤なトマトが生まれるとは想像しにくい。

トマトの支柱より高いキュウリの支柱には、大きな葉が群がったツルが伸びている。黄色い花は葉の大きさのわりにはとても小さい。この花から、ぐんぐん伸びた天狗の鼻のような形のキュウリができるとは不思議だ。

「ヒマワリさんたちは楽しそうね。おしゃべりをしたり、笑ったり。大きな声がよく聞こえてくるわ」

ピーマンがつややかな声で、となりのナスに話しかけた。

「そうね。わたしたちには夏がいちばんよい季節だから、元気で過ごしましょうね」

ナスがあまやかな声で、うれしそうに言った

「そうよ、お日さまのおかげで、わたしたち、健康でいられるわね。感謝しましょう」

トマトがきらきらした声で、ピーマンとナスに答えた。

「そうだよ。夏がこなかったら、ぼくたちはここにいないよね。いいなぁ、夏は」

キュウリも深みのある声で応じた。

ヒマワリ畑では、この会話がよく聞こえないほどの大騒ぎをしている。

向こうの丘の稜線の、少し上のほうにまだ夕日が座っている頃、大きな麦わら帽子をかぶったハナさんが、カゴをさげて畑にやってきた。プッチーもハナさんの後になり先になり、喜々として歩いている。その足音を聞くと、野菜たちはうれしくて株をゆらゆらとゆすった。

「まあ、ピーマンがころころとよく生《な》っていること！　肌が光って美しいわ。ナスもこんなにしっかりと太って、つるつるしてきれいな紫色。トマトはプルンプルンしてはりがあるわね。キュウリはこんなに元気よ。からだ中のトゲがとんがっているわ」

ハナさんは、花から実になった野菜を二、三個ずつとり、カゴの中に入れた。

「ピーマンちゃん、ナスさん、トマトさん、キュウリさん、ありがとう。また明日も実をちょうだいね」

こうして秋がくるまで、野菜たちはたくさんの実をつけて、ハナさんとモクさんに食べてもらうのである。

ハナさんは、家族では食べきれない野菜を朝のうちに摘み、小袋に入れて、丘の下の細い道にある無人野菜スタンドに置いておく。それは、通りすがりの町の人びとや、食べられることを願う野菜にとって、大きな恵みなのだ。

太陽がすとんと山の後ろに真っ直ぐに落ちるようになると、ヒマワリの顔一面の、筒の形をしたたくさんの小さな花は、枯れて実になった。中には種が入っている。するとホオジロやキツツキや、ヒヨドリたちが次々に飛んできて、その数えきれないほどの実をつついて食べた。ヒマワリの顔はだんだんとブツブツになり、あの美しい面影《おもかげ》はなくなっていった。

「いやよ、鳥さんたち、わたしを食べないで！　こんな顔になってしまったわ。あぁ、どうしましょう……」

あんなに大声で笑っていたヒマワリは、しくしくと泣き出してしまった。

「ヒマワリさん、泣かないで。あなたはその美しい花で、もうじゅうぶんにみんなを楽しませたのよ。立派なお仕事をしたのだから」

ピーマンが慰めた。

「そうよ、そうよ、ヒマワリさん。今はあなたの実で、ホオジロさんやキツツキくんやヒヨドリくんがお腹をいっぱいにしているのよ。みんなあなたの実を食べて生きていくのだわ」

ナスも、ヒマワリをさとすように言った。

「わたしたちだって、ときどき、カラスさんに食べられてしまうのよ。でも、それはよいことなの。だって、カラスさんのお腹をいっぱいにしてあげられるもの」

トマトもヒマワリを勇気づけた。

「ぼくたちは、ほかの生きものに食べられて、その命のもとになるように作られているのだ。だから食べられることがよいことなのだ」

キュウリがまじめな顔になり、重々しく言った。

鳥たちも、くちばしを揃えて叫んだ。

「ヒマワリさん、おいしい実をたくさんありがとう！　これでぼくたちは元気でいられます。それからこの種を地面に撒きましょう。そうすればまた来年、あなたに会えますね」

するとヒマワリは、みんなのことばに心を動かされた。そして思ったのである。

そうなのか、わたしもよいことをしていたのね。野菜がハナさんやモクさんに食べられるように、わたしの実も鳥たちに食べられて役に立つのね。ただ、きれいな花でいるだけではないのだわ。

それに、ピーマンの白い花も、ナスの紫色の花も、トマトやキュウリの黄色い花も、あんなに小さくても、まるで星のように光って美しかったわ。大きくて目立つわたしだけがきれいなのではなかったのね。それなのに女王のような気になって。あぁ、恥ずかしい……。

「野菜さんたち、鳥さんたち、みなさん、ありがとう！　また元気で来年の夏に会いましょうね！」

ヒマワリがこう言い終わると同時に、夕日は夕焼け雲の中に隠れ、同時に月が笑顔を出した。鳥たちは満腹して森に帰っていった。

モクさんとハナさんの夕食には、ピーマンとナスとトマトとキュウリがいっしょに料理されて、色どり美しく食卓に置かれている。

その何日か後、ヒマワリはすべて、モクさんとハナさんの手で枯れた茎を倒された。二人は残っていた実をしっかりと袋に詰めた。来年、春になったら、畑全体に蒔くのだ。

ヒマワリが立っていた土の中には、自然に落ちた実がたくさん隠されている。蒔かれた実と、土に隠れているこの実の中の種とが天と地に育《はぐく》まれると、根が生え、芽を出し、来年もまた大きなヒマワリとなって花咲くのである。

虹を越えて海へ

夏の王、太陽が熱風の息を地上に吐き出す猛暑の日々。ハナさんは、早朝と夕方、庭の水撒きを欠かさない。長いホースをくるくるとほどきながら、ゆっくりと歩いて、花や野菜や植木に水をかける。ユリやカンナやバラ、タチアオイやグラジオラスが、冷たい水を浴びて生き返った。

プッチーがハナさんの前になり後ろになり、いっしょに回る。ホースから出る水を、ハナさんはジェット噴流にして、遠くの植物まで飛ばした。すると向こうにある太陽の光が水と交差して、虹を作った。

「まあ、きれい！　プッチー、見てごらん、虹が出たのよ！」

プッチーはびっくりした。こんな美しい色の、大きな弓の形が大空に浮かんでいるのを見るのは、はじめてだ。

「うわぁ、きれいだなぁ。これが虹っていうものなんだね」

そうだ、リスやウサギにも見せてあげよう、とプッチーは、ハナさんが虹に見入っている間に、そっと森の中に入っていった。

森の中はひんやりとし、靄《もや》が立ちこめている。プッチーは、ゆっくりといつもの道を進んでいった。この道には、プッチーの小さな足にやさしい草が生えている。プッチーが何度も通り、ならして作った「獣道《けものみち》」だ。
ふと先を見ると、道の真ん中に、何かがあるのが目に入った。近寄ってみると、それは鳥だった。鳥は横たわり、目をつぶっている。胸が動いているので死んではいない。
「どうしたの？　怪我をしているの？　きみはだあれ？」
鳥はプッチーが呼びかけてもそのままじっとしているだけだ。心配したプッチーは、その長いピンクの舌で、鳥のからだ中をなめまわした。

「どうか怪我がなおりますように」

やがて、鳥の目がうっすらと開いた。

「あっ、気がついたね。ぼくは犬のプッチー。どこか痛くないかい？　いったいどうしたの？」

「あぁ、ぼくは……ぼくはカモメ。海からきたんだけど、お日さまの強い光が目に入って、真っ暗になってしまった。そして突然強い海風が吹いてきて、こっちのほうに流されて。それから森の高い木にぶつかってここに落ちてしまったんだ。きみが助けてくれたんだね、ありがとう」

「そうだったのか。でも頭かどこかを打っていないかな」

「うん、ちょっと痛いなぁ」

そこでプッチーは、かあさんがしていたことを思い出して、冷たいシダの葉やドクダミの葉やビワの葉を集めてくると、カモメの頭に載せた。しばらくすると、カモメはすっかり元気になった。

「そうだ、カモメくんに虹を見せてあげるよ。今、ぼくのうちの上に、大きな虹が浮かんでいるんだ」

二人は大急ぎで森を出た。すると、目の前の大空の端から端まで虹がかかっている。

「うわぁ、大きいなぁ。ぼくは海でときどき虹を見るけれど、こんなに大きいのははじめてだ。そうだ、プッチー。この虹をくぐり抜けてみようよ。さあ、ぼくの背中に乗って！」

プッチーはこわごわカモメの背中に乗った。四本の短い足を真っ直ぐ降ろして、カモメのからだに巻きつけた。

「さあ、いくぞー！　しっかりつかまっていてね！」

突然、ふわりと浮いたと思ったら、そのまま虹に向かって突進した。赤、橙《だいだい》、黄色、緑、青、藍《あい》、紫の色が淡く縞模様になっている。虹の真下を通るとき、やわらかくこまかい粒が降ってくるような感触だった。それはあたたかく感じられた。

虹を抜けると目の前に、入道雲がむっくりと湧《わ》いていた。プッチーは雲の中を横切るのは、やわらかくてきもちいいだろうなぁ、とわくわくした。ところがカモメ

がからだを突っ込んだら、冷たい霧を浴びせられたのである。そう、雲は水蒸気の集まりなのだ。下から見る雲とはずいぶん違うのだ、とプッチーは発見した。

プッチーは一度、かあさんといっしょに飛行機に乗ったことがある。でもそのときは、せまい檻に入れられて、真っ暗な中で一時間半を過ごしたので、空の上にいるとはちっとも気がつかなかったのだ。

「ねぇ、プッチー、このまま海にいこうよ。海で遊びたいだろう?」

「うん。でも遠いでしょ。この畑を越えて、谷を越えて、向こうの丘を越えなきゃならないんだから。とうさんと自転車でいくと、一時間かかるよ」

「だいじょうぶ。ぼくはひとっ飛びでいくよ。ほらもう着いた」

「あっ、ほんとうだ。いつも散歩にくる浜辺だ」

しかしカモメは浜辺を越えて、もっと向こうの海の真ん中にある、小さな岩の上に降りた。

「カモメくん、こんなところ、ぼくこわいよ」

「だいじょうぶさ。これからイルカさんがきて、きみを海の中に連れてってくれるよ。ぼくを助けてくれたお礼に、きれいな海の中を見せてあげたいんだ」

カモメがピーッと鋭く口笛を吹くと、岩の下からイルカの柔和《にゅうわ》な顔があらわれた。イルカは、その大きな岩のようにどっしりした背中を波の上に出して言った。

「やぁ、プッチーだね。さあ、わたしの背中に飛び降りなさい」

プッチーが思いきって飛び降りると、すとん、と真っ直ぐにイルカの大きな背中に乗っかった。

プッチーは一度、とうさんといっしょにフェリーに乗って、海の上を走ったことがある。海岸の浅瀬で泳いだこともある。でも、海の中の深いところまではいったことがない。海の中はどんなところだろう、と前から思っていたのだ。

そしてとうとう、海の底までいったのである。

海の底はとてもしずかだった。波もない。でも、とてもにぎやかだ。たくさんの魚が泳いでいるからだ。青いのや、銀色のや、赤いのや、黄色いのや。小さい、大きい、細長い、平たい、ぷっくりした……。それからワカメやコンブのような海草

がゆらゆら揺れていたり、星のように光る貝がたくさん散らばっていたり。

イルカは黙ったまま、ゆっくりゆっくり右にいき、左にいき、ときどき旋回し、たまに急転し、そうして神秘的で興味深い海の中を、たっぷりと見物させてくれた。

海の底にもたくさんの長い藻《も》が真っ直ぐに生えていて、まるで地上の林のようだ。その間に大きな岩がいくつかあった。向こうに、特別に光っている岩がある。その後ろで何かが動いたような気がして、プッチーはイルカにそっちにいってくれるように頼んだ。

近づくにつれて、波の音とは違う音が響いてきた。話し声や笑い声や歌などだった。

そこにいたのはなんと、人間の子どもたちではないか！　男の子も女の子もいる。プッチーの家に遊びにくるような幼稚園児、近所の小中学校に通っているような年長組。

みんなはTシャツを着てジーンズをはいているが、その上からさまざまな色の尾ひれをつけている。その尾ひれで海の中を自由に動きまわれるのだ。

細い笛や太いラッパや、透き通った声の音楽が響く中で、にぎやかに、うれしそうに、歌い、舞い踊り、笑い、話をし、遊んでいる子どもたち。
歌を歌っているグループがいた。その歌はプッチーのかあさんがいつも歌っている歌だ。

♪おおぞらをみてごらん　おひさま　つきさま　ほしにくも
いつもあなたをみているよ♪

♪かえりたいなぁ　かきのみのなる　いつかのあのいえに♪

♪いっしょに　はなをさかせましょう　はぁながさいた　はぁながさいた
あぁかいはなが♪

プッチーもいつの間にか声を合わせて歌っていた。

ダンスをしているグループがいた。いつか花火を見にいったときに、浴衣《ゆかた》を着た子どもや大人が踊っていた盆踊りだ。向こうのほうでは、サッカーをしている。だがボールはない。岩の丸いかけらを足でけって、取り合いをしている。どの子もみんな、なんて楽しそうなのだろう。

プッチーは驚きのあまりことばが出てこない。夢を見ているようである。

するとイルカがささやいた。

「あの子たちはね、ずっと前に起こった大地震の津波に、海の中へ連れてこられたのだ。帰り道がわからなくなってしまったので、ここにみんなで集まって、帰れる日まで、なかよく楽しく過ごしているのだよ」

今日の冒険を思い返して、プッチーは何度もつぶやいた。

「世界はなんて大きいのだろう!」

「世界はなんて美しいのだろう!」

「世界はなんて不思議がいっぱいなんだろう!」

プッチーは、丘の上以外にも、いろいろな世界があるのだと知り、なぜか自分がとても大きな生きものになったような気がしている。そして海底で子どもたちを見たことは、大切な宝物として自分の心の中だけにしまっておこうと思った。

何日かたって、カモメが再び丘の庭に舞い降りた。

「こんにちは、プッチー。いい天気だからまた海まで散歩しないかい?」

もう一度海底にいってみたいと願っていたプッチーは、喜んでカモメの背中にぴたりと張りついた。二人は丘を飛び立ち、あっという間にいつもの浜辺へとやってきた。するといつかのように、向こうの岩の下からイルカのあのやさしい顔があらわれた。プッチーがその背に乗ると、色とりどりに輝いている海底の岩場に一気に到着した。

そうだ、そこは、大勢の子どもたちがにぎやかに楽しげに暮らしているあの楽園である。あぁ、またここにきたのだ、とプッチーは胸を躍らせた。

プッチーはみんなといっしょに遊びたいと思ったのだが、イルカが突然、一番はしにいた女の子をさっと背に乗せた。するとその子は待っていたかのように、すっとプッチーの後ろに座った。

その子の顔をちらりと見たプッチーは、一瞬どきりとした。前にどこかで会ったような、誰かに似ているような……。

「みんな、ありがとう。楽しかったわ、元気でね」

とその子は高い透きとおった声で呼びかけた。ほかの子どもたちは、

「よかったね。しあわせになってね」

と叫びながら、手をふった。何がなんだかわからないプッチーは、ただだまって見ているばかりだった。

一瞬のうちにイルカは海の上に出た。そしてプッチーと女の子をカモメにあずけると、さっと海の中に消えた。カモメは二人を背に乗せて全速力で丘に戻ると、彼らを庭に降ろし、「じゃあ、またね」と言って、またたく間に空の向こうに飛び去ってしまった。

プッチーは不思議に思いながらも、かわいい女の子を連れて得意げに家に向かった。女の子は、おずおずとプッチーの後ろをついてきた。

「ここがぼくのうちだよ。とうさんとかあさんと猫のミャウがいるんだ」

幻の再会　生きる力

その日の夕暮れ、いつも元気なハナさんが、桜の木に寄りかかって物思いにふけっていた。まもなく季節が変わり、次の年がおとずれる。それはまた奥底に眠っている記憶がよび起こされる季節がやってくることでもあった……。

モクさんは工房の窓越しに、そんなハナさんの姿を見守っていた。

そのときだった。

「ウワワーン《ただいまぁ》！」

海へ遊びにいっていたプッチーが、玄関先から吠え声と同じくらい大きな声で元気よく呼びかけた。モクさんとハナさんは、大急ぎで玄関へ走った。

「おかえりーぃ！」

「おかえりなさい！」

二人は笑顔で出迎えた。が、次の瞬間、全身が凍りついてしまった。プッチーの後ろに大きな金色の光の輪が広がっているのだ。その光の中から、ひとりの少女の姿がゆっくりと浮かんできたのである。

二人は息を呑んで少女を見つめた。

少女はハナさんより身長が高い。やせ型の体型はモクさんにそっくりだ。細い顔にすっきりと筋の通った鼻もモクさん似。黒目がちの大きな目は、ハナさんの目に似ている。

二人はとうとう、声にならない声で叫んだ。

「サクラ！」

「サクラちゃん……？」

モクさんとハナさんは、ぼぉっと立っているその子に向かって、さらに呼びかけた。

「サクラ、サクラじゃないのか！」

「サクラ、サクラでしょっ！」

「おとうさん……。おかあさん……。サクラです。会いたかった……」

夢の中の寝言のように、口の中で小さくつぶやいているサクラを、モクさんとハナさんはいっしょに強く強く抱きしめた。三人の目から大粒の涙があふれ出て、それは滝のようにとめどなかった。

その数十秒間の間に、水平線の向こうからひたひたと寄せてくる小波《さざなみ》のようなサクラの話し声を、ハナさんとモクさんは、夢幻と現実のあわいで聞いていた。

「おとうさん。おかあさん。やっとお会いできてうれしいです。わたしはすばらしい場所で、大勢の仲間たちといっしょに、元気で楽しく暮らしているから安心してください。そこはね、すべての生きものの命が誕生した、海なのです。とても心地いいところよ。ほら、わたし、こんなに大きくなったでしょ。

毎日、わたしの写真に向かってお話ししてくれること、ちゃんと聞いていますよ。

それから、わたしのふるさとの桜の木と、この庭のわたしの桜が毎年きれいに花を咲かせることも、見て知っているの。すごくうれしいわ。わたしもおとうさんとおかあさんのことを想っています。どこにいても、わたしはいつも、ずっとずっと、おとうさんとおかあさんといっしょです。お元気で、おしあわせを願っていますね」

そして……。サクラを抱いていた腕をほどき、涙をふいて、あらためてしっかりとサクラを見ようとした二人の目から、サクラの姿は忽然《こつぜん》と消えてしまったのである。


ショックからようやく覚めた二人は、矢継ぎ早にプッチーに聞いた。

「いったい、どこでサクラと会ったの？　サクラはどこにいたの？」

「どうやってサクラをここに連れてきたの？」

呆然《ぼうぜん》としていたプッチーもやっと我に返ると、カモメとイルカに連れていってもらった海の中の光景を、はじめから詳しく、一生懸命に話した。イルカの、「あの子たちは津波に海の中へ連れてこられたのだが、家に帰れるまで、みんなでなかよく楽しく過ごしているのだ」ということばを添えて。それを聞いたハナさんの顔が一瞬明るくなった。

プッチーは、やはりぼくは夢を見ていたのだ、と信じることにした。

モクさんとハナさんがこの不思議な出来事を受け入れ、それを一つの恩恵として受けとめるまでには二、三日を要した。たとえ幻視や幻聴であったとしても、現在のサクラの姿を垣間見《かいまみ》たことで、二人は生きる力を与えられたのである。驚いたことに、サクラは姿の見えなくなったあの日からこの日までに、すっかり成長していたのだ。

ハナさんがその日まで想い描いていた心の中のサクラは、まだあの日のまま、小学生の幼い姿のままだった。けれども幻となって会ったサクラは、もう高校生の年頃。背はハナさんを越え、すらりとした容姿とすっきりとした顔立ちには、すでに大人の女性の美しさがあらわれていた。

「あぁ、サクラは死んだとしても、こうして日々、成長していたのだ。サクラは私たちと共にこの年月を生きてきたのだ。それは生きていることと同じだ。それなら私たちは今も、サクラといっしょに生きているのだ。サクラはいつも私たちの心

の中にいた、そしてこれからも。

今からは過去の娘を想って悲しみに沈むことなく、常に成長している娘と共に、私たち自身も成長しながら、よりよい人生を、現在を生きてゆこう。サクラはいつも私たちを見守り、生きる勇気を与えつづけてくれているのだから」

ハナさんには、娘サクラを恋うる想いとは別の想いがあった。「どうしてわたしは生き残ってしまったのだろう……。どうして娘でなくこのわたしが……」。この呵責《かしゃく》の念は、水を吸い込んでずっしりと重い砂の塊《かたまり》になり、ハナさんの心の中に沈んでいた。けれども、生き残った者たちが強く生きるように、とサクラが願っていることを知った今、固まっていた砂はサラサラとした微粒に変わり、風に吹かれて海の彼方へと流れていくようだった。

ハナさんとモクさんの長年の悲しみは消え、歓喜がおとずれた。二人は晴ればれとした心と目であたりを見回した。

木々や草花や野菜は生長し、そしておとろえ、鳥や動物たちも生と死を繰り返しながら自然を豊饒《ほうじょう》に保ち、人びとに恩恵と喜びを与えている。自然は、その要素と移り変わる時を綯《な》い交《ま》ぜながら、命の糸を紡いでいる。人と動植物、天と地、これらが種の違いを超えて共存することから、生きものそれぞれが生きる力を与えられ、それぞれが生かされている。

サクラとロージーと、プッチーとミャウとに囲まれ、そして丘の無数の仲間たちと人びとと共に平和に暮らす至福。ハナさんとモクさんは毎日、青と緑に彩られた大空と大地、山と海に向かい、太陽と月を仰ぎ見て、感謝の祈りを捧げるのである。

晩夏と初秋がせめぎあっている。ハナさんとモクさんはプッチーとミャウを連れ、心の中のサクラとロージーと共に庭を巡った。ムクゲ、フヨウ、サルスベリ、ハギ、コスモス、サザンカ、アザミなど紅色の花が咲き乱れ、庭全体がしあわせのピンク色に染まっている。ホオジロの親子をはじめ、多数の鳥たちの歌声が響きわたり、リスやウサギが跳びはねている。

やがてサクラの桜の木は、他の木々――ヤマボウシやカシワやコナラ――よりもいち早く紅葉して落葉し、堅くひきしまった枝々に、びっしりと花の芽を生みつけはじめた。

もうすぐ花の季節が巡ってくる。ハナさんとモクさんは、日に日に膨らみをます花芽を見守りながら、満開の桜の下にいっしょに座る、二〇歳になるサクラの美しい姿を、笑みを浮かべて想い描いている。

ずっと経って

小さな生きものたちがなかよく暮らしていた森と丘は、
物語から何十年も経ちましたが、今でも天に向かって立っています。
モクさんとハナさんが住んでいた家の庭の木々は、どんどん高く伸びて
まわりの森と同じくらいの濃さになりました。
家は、木々の間にチラチラと見え隠れしています。
その森と丘に、以前よりはずっと数多い無数の生きものたちが、
あの頃と同じように平和に暮らしています。
豊かな自然のふところにいだかれ、樹木に生《な》る果実を分け合い、助け合い、
子どもを生みつづけ……。

姿の見えないのは、モクさんとハナさん、そしてプッチーとミャウです。
彼らはすでに、サクラとロージーの待つ見えない場所へと移っていったのでした。
そしてどこかで、今も美しく存在するこの緑色の聖なる場所《サンクチュアリ》を、
静かに見守っているのです。
このサンクチュアリには、一年中、風が吹きわたり、雨が降って、
大地に染みています。朝に晩に、太陽と月が、そして星々が、
金色や銀色の光を注いでいます。
そうしてますます豊かに育まれていくのです。

著者による自己紹介

東京都練馬区石神井に生まれる。父は獣医師。戦後一九四〇―五〇年代の牧歌的な町の中の家で、多数の動物、植物に囲まれて育つ。中学三年で東京都国立町に転居。都立国立《くにたち》高校卒。明治大学文学部でフランス文学を専攻。一九六九年卒業後、東京・赤坂の写真家事務所に勤めながら、染色を学ぶ。その過程でウィリアム・モリスを知り、研究のため七五年渡英。カウンター・カルチャーと出遭い、七七年帰国まで様々な体験をする。七九年『ロンドンの美しい町』(晶文社)を出版し、文筆家として出発。

この間、東京・国分寺市「ほんやら洞」、西荻窪「たべものや」、「プラサード書店」など、ニューエイジの拠点で仕事をする。そこで出会ったアメリカ人エドワード・レビンソンと結婚。

八八年から房総半島の農村で暮らす。家つくり、庭つくり、野菜や花の栽培、花木の植樹に励む。愛犬と暮らす。この生活から写真家の夫とのコラボ作品を多数生む。『マザーアース・キッチン』(柴田書店)、『自然「冒険」図鑑7―はじめての自然菜園』『犬がくれた幸福』(岩波書店)、『出会いた い野の花たち』(文化出版局)、『母なる自然の食卓』(東洋書林)、『二人で建てた家』(文春文庫 plus)、『丘のてっぺんの庭　花暦』(淡交社)、『庭の恵みを楽しむ料理』(朝日新聞出版)など。

エコライフ実践のために太陽光発電、井戸と雨水の利用、コンポストの作成、無

著者による自己紹介

農薬の植物栽培などを試みている。『いま、自然を生きる』（岩波書店）、『田園に暮す』（文春文庫 plus）に詳しい。

ロンドン時代にベジタリアンになり、『ベジタリアンの文化誌』『宮沢賢治の菜食思想』（晶文社）、『ベジタリアンの世界』（人文書院）、『ベジタリアンのいきいきクッキング』（NHK出版）などの著作によりベジタリアニズムを紹介する。

東京時代より環境・政治問題などの社会的活動に参加する。九〇年からアースデー、その他のチャリティ・イベントを自主開催。九二年より日本初の「チェルノブイリの子どもたち」保養ホームステイの里親となる。

東日本大震災では、園芸家柳生真吾氏の「スイセンプロジェクト」に参加。庭の球根を被災地へ送付。被災地訪問や寄付活動。

日本文藝家協会、日本ペンクラブ各会員。「第一回　日本ベジタリアン・アワード」大賞受賞（日本ベジタリアン協会主催二〇一六年）。

謝辞

草稿の段階から、ご助言と大変な作業によって、本書の完成へと導いてくださった編集者・岩永泰造氏、幸福感と生命に満ちた美しい挿画を描いてくださった松田萠氏、雰囲気のあるブック・デザインを手がけられた尾形忍氏、出版を敢行してくださったぷねうま舎の中川和夫氏、皆々様に心より深謝を捧げます。

鶴田　静

サクラと小さな丘のいきものがたり

2016年4月22日　第1刷発行

著　者　鶴田《つるた》 静《しずか》
挿　画　松田《まつだ》 萠《もえ》
発行者　中川和夫
発行所　株式会社 ぷねうま舎
〒101-8002　東京都新宿区矢来町122　第二矢来ビル3F
電話 03-5228-5842　ファックス 03-5228-5843
http://www.pneumasha.com

印刷・製本　株式会社ディグ

ISBN 978-4-906791-56-9　Printed in Japan

ラピス・ラズリ版 ギルガメシュ王の物語　司 修 画・月本昭男 訳　B6判・二八四頁　本体二八〇〇円

折口信夫の青春　富岡多恵子・安藤礼二　四六判・二八〇頁　本体二七〇〇円

この女《ひと》を見よ ——本荘幽蘭と隠された近代日本——　江刺昭子・安藤礼二　四六判・二三二頁　本体二三〇〇円

ナツェラットの男　山浦玄嗣　四六判・三二二頁　本体二三〇〇円

津軽 いのちの唄　坂口昌明　四六判・二八〇頁　本体三二〇〇円

養生訓問答 ——ほんとうの「すこやかさ」とは——　中岡成文　四六判・二一〇頁　本体一八〇〇円

となりの認知症　西川 勝　四六判・二〇〇頁　本体一五〇〇円

声 千年先に届くほどに　姜 信子　四六判・二二〇頁　本体一八〇〇円

天女《アプサラ》たちの贈り物《マーヤー》　鈴木康夫　四六判・二九〇頁　本体一八〇〇円

———ぷねうま舎———

表示の本体価格に消費税が加算されます

2016年4月現在